XINGCHEN DE GUANGMANG

星辰的光芒

禹红霞○著

黄河出版传媒集团
宁夏人民出版社

图书在版编目(CIP)数据

星辰的光芒 / 禹红霞著. —银川：宁夏人民出版社，2017.4

ISBN 978-7-227-06638-5

Ⅰ. ①星… Ⅱ. ①禹… Ⅲ. ①散文诗—诗集—中国—当代 Ⅳ. ①I227

中国版本图书馆 CIP 数据核字(2017)第 093097 号

星辰的光芒 禹红霞 著

责任编辑 李彦斌

封面设计 陈冰融

责任印制 肖 艳

黄河出版传媒集团
宁夏人民出版社 出版发行

出 版 人 王杨宝

地 址 宁夏银川市北京东路 139 号出版大厦（750001）

网 址 http://www.nxpph.com http://www.yrpubm.com

网上书店 http://shop126547358.taobao.com http://www.hh-book.com

电子信箱 nxrmcbs@126.com renminshe@yrpubm.com

邮购电话 0951-5019391 5052104

经 销 全国新华书店

印刷装订 宁夏凤鸣彩印广告有限公司

印刷委托书号 （宁)0005039

开本 720 mm × 980 mm 1/32

印张 7.375

字数 150 千字

版次 2017 年 6 月第 1 版

印次 2017 年 6 月第 1 次印刷

书号 ISBN 978-7-227-06638-5

定价 36.00 元

一束光的承诺

我在感觉，我对这个世界炽烈的爱，像花朵爱着阳光，叶子爱着露珠。幸福在蔓延，从头到脚，从眼睛中，又到心里头，和纯净的光芒一道，被时间满满地盛装，映照着一段又一段清清纯纯的生活。

我时常与他人对话却不是很顺畅，没能像路边的树木与流动的河水样倾谈。如果我的某一句话落入一条河流，流至许多条小溪，有一个词语遇上飞翔的鸟，被它们带至天空，那我就是幸运的。为了寻求暂时的心安，抛却在现实生活中的忧患，我只能常常超越现实，奔向思想的殿堂，打开视野并遥望更辽阔的远方。

常常遗憾，我为生命增添的水分难以润泽那么多孩子的渴望和母亲祈求的眼神。幸福在我身旁蔓延的同时，一些灾难仍在继续。我是如此渺小无力，无力将个人的幸运移至他们不幸的家园。我阅读的目光无法通过时空移动在他们空空的手掌。

我不想选择独语，但独语时，我感觉自己是最自在、最舒适、最真实、最美好的存在。多年来，我已习惯自己与自己说话，无视大众的追逐而独自感觉和表达自己，即使在热闹的场合，也会旁若无人而自说自话。为了守候这一份独语及自身的体验和感悟，更为了凝望、关注和探求世界的真实与美好，关切一些事物，便选择诗作为印证我的存在及抒写的方式。

诗是我心灵的高地，精神的避难所，我孤独的花园和幸福的守候。诗是我辽远的思慕，超验的体验。在这种超验的体验中，探索未来，憧憬一些情景，与心灵对话，与智者交流，用意念穿越时光。诗也是我宽广的内在的映现，是我与万物、与已知和未知的世界和解和融入的力量。我零碎或整体、静默或激越的思绪的实在，也是我与外部现象断裂而与内部各种意象有效连接的方式。

经多年的感觉和抒写，散文诗成为最适合我的表达。它可以随意而流畅地记述，也可以激越而高声地吟唱；可以在宁静的思绪中跳跃，也可以在舒缓的情绪中快节奏地低语；可以在激情涌动中娓娓地倾诉，也可以将复杂的思想简洁，在现实的点与想象的面中做无限联想，将心灵的感悟转化为微妙的感觉，将生命的体验转化为自然的形象。

在心灵世界里，我可以做无尽的选择，抛却一切不适合自己心灵的内容与形式。在社会生活中，我可以选择爱这个世界，爱世间万物，爱所能爱的所有的人，那些不认识我或认识我而不喜欢我的人。一些我喜欢做、愿意做的事情，我却难以实现，比如，把自己变成种子撒播在世界各处；以自己的愿望改造这个社会，影响这个世界。只有回到抒写中，无拘无束地表达爱、自由、愿望以及思想，并好好地安顿自己。

由于我所拥有和掌握的语言、词句及技巧非常有限，在语言的世界有着许多的限制，并受条理、逻辑、运用以及选择的拘束。选择总是滞后于表达，能够说出的极其有限，运用总滞后于想象，总是不能兑现感悟所能给予的允诺，达不到事物灵魂的深处，够不着思想的深度和想象的无限。

只有想象忠实于我，成为我唤起对美好经验的回味，对未曾经历的美的世界的进入。在自由理性的想象状态，我往往能超越经验，在超验中制造一些意象，有时超然于沉思，陷入梦的疆域。我丰满而无尽的想象是无逻辑的。我注视着过去，穿越未来；我溯时间的河流而上，又在恒定的空间驰骋。梦中，我是一只鹰，轻盈地在天际翱翔，在世界各地漫游，与古代和未来的人相遇，与某一个我喜欢的热爱的人无拘无束地相处、甜美地对话。

想要尽情尽意地表达，诗对于我还是不够的。

时间开始于大爆炸瞬间，而我总抓不住热爱的时光，它对我的态度像它诞生时一样，总是倏忽间从我的额际溜走。知道天堂在我心中，在我想象的空间，是我的大设计。生活于自己设计的天宇已是无与伦比的幸福。只愿在千万种有灵性的物质中，我这短暂的渺小的生命，是一小段美丽空间中一小点人们的眼睛看不见却能够触摸的风景，一束浅浅的光芒。

为了留住这一束光，我别无选择，暂且以这星星点点的语言所能把握的诗意自我承诺。

是为序。

叶 子

2016年11月18日

目　录

■ 自由的天空

自由的天空

火

火，这一簇簇血的花朵，多年以来，经久不息。观照本身的感动，在缓慢的生成中，孕育猛烈地迸发。

火，质地柔软，表现浓烈，烛照生命与灵魂。通过我的心脏，顺着我的血管跃动，给予你的是温暖与忠诚。

火，与阳光、雨水的本质相同，不受外力驱使，在自己有分寸的燃烧中，温和地抚慰着那么多的花朵、树木，爱抚着那些洁净的身体与心灵。

当荒草在人心上疯长，贪婪在贫瘠的土地上泛滥，孤独的你，在失血的天空如游荡的魂，难以给予爱者所需要的一切。

你失意无助，但又明灿非常，我为你呼救，并因你成就自己。

其实，在一切物质中你是最有力的，在千万年无定形的不断燃烧中，承载着创造的使命，而不被任何物创造。

你时常在绿叶上飘过，明媚的双目充满对一切丑恶的憎恨。

你的目光在枯草的茎上落定，那些顽劣、冷酷的石头不会继续保持它们的完整。

你是生命的焰火，燃烧自己，发出光亮。你的成就，是把一切肮脏的、丑恶的焚毁，只留下纯粹与炽热。

燃烧过终要燃烧的，幸福过终要幸福的火啊！我将你高擎，犹如推举不朽的思想。

我现在，将你从我的血管里释放。让你深入每一条生命的脉管；让你的强力一路流血拼搏，印证一颗颗心的轨迹。

在他们的心里生长无边的善良与广大的热爱。

通过火的血焰，我懂得了花朵信仰阳光的理由。于是，我告诉火：你可以以海的形式暂聚，但不能静默如山。

你要焚毁地球上一切妄图摧毁生命光明、自由、充盈的事物。

当火不再燃烧，我即终止生命。

静夜，冥想者的家园

夜晚，寂静来临的时候，你伏案握笔，浮想联翩。你抒情的手已历尽沧桑，你无法写诗。

静，本身是一种文字，犹如你的思想，是一本厚重的书。

此刻，你的想象在体内超度。思辨的语声，已不可遏止地流向窗外，内心的光芒感恩般向四处扩散。

火在跳跃。是谁赐予你不同流俗的姿势，在一个个白天向世人展示着某些怪异的行为，在寂静的时光里，享受无拘无束的快乐。

是谁让你，在细数着幻美的景象时，看见许多荒芜的生命和虚伪的现实。

让你离开物质的贫困，在自觉自赏的时候，无法原谅他们功利的自私和物欲的贪婪。

暗夜渐深，思考的痛苦强于想象的快乐。想着生命中的一些无奈，你不得不幻想着忍耐。

忍耐误解和伤害，犹如忍受，美与丑之间无法逾越的界限。

你只好，任希望与等待同时萌芽和生长。

在这幽静得令万物窒息之夜，你的思绪越发清晰。

你看清了许多以前尚未看清的，但你又能守望和消除什么？除了深重的忧患和无尽的期待，你不可能再守住谁的承诺。

一些美好的词语被亵渎，又有一些真诚的愿望被损毁。

一些果子已腐烂，但花朵还必须坚持。

怀着忧虑与不安，你蹒跚在自定的疆域。

这干旱而贫瘠的土地，一场雨后，就会滋生出无数杂草，要成就一棵参天的大树的确太难。

总有一些卑劣的东西，充斥着脆弱的心灵。所有的败坏敌不过人血液里的病毒，那一切的仇恨、暴行、不公及歧视往往使你痛苦得无法自已。

你守护着青松生长的微光，守着心灵与星辰的微语，期待干净的河流冲洗人心的疾病。

你不喜欢技巧，因而你从不着意修饰文字，正如你常常忽视，一张张漂亮的脸蛋和那么多外在的景色，而只关心一些人的思想，并想直抵思想的内核。

你不是一个快乐的歌手，只能是一个灵魂的守护者。

一些幻想、理想和岁月的流痕已被尘封，而全世界的泥土都封不住，你因关注人类苦难而生的悲悯之情。

生活中有许多的感激，常常使你眼眶里盈满温热的泪，心中涌动一阵阵浪潮。

你接受着，记忆里童年的安慰，与你喜欢的庄稼和乡亲的笑谈聚集；接受那些，未来时间里送来的幻象，美或者善的抚慰。

经过了许多的磨难，在永远探索的路上，你仍是一片绿色的叶子，尽管从中渗出的滋味五味俱全，但从未随风俗零落。

拯救没离开过你。你从没背叛任何人和任何美好的事物。

在向善的道路上，你随云梯上升，又随雪花歇息。你相信，奇迹总会出现，在更深更广的路上，人们会抛却一切与爱无关的欲望。

在那儿，太阳重新为人们升起，幸福将它的歌，谱成永恒的乐曲，让所有的生命吟唱。

从夜晚到天亮，你省略了许多繁琐的想象，删去了一些零碎的思想。你的忧虑是如此平静，你的思绪是如此灼亮。

温润的泪水潸然而下，你又一次被洗濯，使你面对美好的晨光，有一副干净的面孔和清爽的心情。

多少个夜，总是这样，你一边锻造心灵，一边压抑渴望，让一个个从不存在的尺度，衡量着人类的祥和耐心。

你有充分的理由，活在这个世上。

一段心语

一段沉寂的日子，使你失去了对文字的激情。当渡过泥泞和沼泽，前面的路，被一些箴言和火苗点燃。磨难只能使你，飞翔的翅膀更接近天空。

摊开纸页，犹如展开幸福的图案，没有上升与沉落的路线，没有终点与始端的纹络。

你的心，柔静如帛，强大如帝国。有多少打击都能承受，付出许多仍然富有。

无论天阴天晴，你都感到，自己灼热的呼吸和激越的心跳。

时间的锋刃，不断剥蚀着你青春年华的青枝嫩叶。你懂得时间的本质，不再恐惧地避开它残酷而柔和的抚摩。

改变的只是事物的外表，只要你还能在梦中泅渡，你就拥有黄金一样的日子。

在这个以河水命名的地方，尽管你往往会成为偏见的领受者，仍然以一颗狂热而感恩的心，爱抚贫瘠而宽厚的土地，敬重朴素而简单的生活，敬畏自然与心灵。

你失去和得到的是这么的平和，那深不可测的黑海，在你面前简约可触，仅仅是泪眼一眨，绝不会将你的愿望淹没。

切近眼睑的微笑，触摸目光的话语，都会使你内心感激得潮涨潮落。

不再翻开那流逝的一页，比如少年的痴狂，深渊的伤痕。被爱打磨的枝叶，孕生着无数圣洁的花朵。

每一朵，都开在你仰望和沉思的额头。

你在白昼梦游，在静夜跳跃。当你与内心的星火接触，那一些，生活的不安与烦扰烟云样消失。

忧郁的花朵，永不会堵塞你血管里流动的晨曦。

即使一个个白天消失，当你亲吻黎明，又被月光抚摸，你生命的热情像枫叶一样燃烧。

你从不推拒与心灵有关的景象，正如你从不选择眼前比梦想还虚幻的绚丽色彩。

深邃的思想滋养着光明的生活，青春的翅膀巩固着生命的赞美。

温馨的自然光芒，使你的幸福纯粹得无以复加。

在自由的思辨和爱的审视中，建立自己的高度，以保证内心的荣誉。

不想再要什么，你得到的已经足够，被一些人忽视，又被一些人耿耿于怀。被谁纪念，又会成为谁的影子。

作为心灵的旅行者，爱的花朵的栽种和守护者，还需要什么？

带着浓浓的祝福，饮下每一天，明亮的阳光杯中的香茶，内心澄澈而坦荡，田园丰盛而美好。

问

你将如何感谢生命，感恩自然；
你将如何看待怒放的玫瑰，静默的榕树；
你将如何倾听时间的内心，看穿纸上的秘密，
穿过城市汹涌的潮流。

小草在呼唤，河流在呻吟。
你将如何保持，合理和信任的界限；
前辈们的目光和旗帜的骄傲。

你将如何领受孩子们的笑声，大洋那边母亲的暗泣。

承诺如此忠实，爱如此茂盛。
你将怎样留住茁壮的村庄，驻留夏日的心，
剔除忧伤的头骨，远离悲痛的芬芳。

聪明的你！将如何回答。

这个夏天

这个夏天，野草在目光外疯长，硕鼠也在竞相疯狂。我在自己的田园，种植的树木和庄稼有秩序地默默茁长。

硕大的雨滴，被着了火的欲望劫碎，很多人将心灵的泉水流放，大地裂开伤口。

我伸出伤痛的手指探问天空，在下一场雨到来前，伤痕能否被锁入泥土。

即使土地干涸，欣欣向荣在心中雅致，犹如黝黑的夜里，星辰互相澄明细语。

这个夏天，贪婪的欲望开始凝固。大地狂饮后留下苍翠，青草在自由呼吸。

在我的目光之中，绿色的田野延展，鸟儿随意觅食。

从一片飘动的树林中感到生命的坦然，从盛开的花朵中闻到生活的芬芳。

看着梁上粉嫩的芍，殷红的梅，燃放的菊，面若桃花姣好；看到奔跑在林间，未被贪婪的眼射中的我可爱的鹿，心在欢呼雀跃。

望见漫步在草地上未被肉欲的手戕害的羊，在山间潺潺流淌的清溪，满眼尽是潮汐。

爱，飞出我们的体内，旋转着穿过，命运女神的血液前进。

青绿燃烧着热爱，目光延伸着希望与美好。未来可能生机无限。

能够吃着野菜和纯朴的土豆，还有干净的玉米，是多么幸福；能够望着头顶的星空，和着内心的愿望，书写温静的文字是多么幸运。

到来的夜在夏天的眼睛里站住。

我的心穿过闪烁的星空，枕着天边的银地毯，做着比孤飞的鹰还雄野的梦。

叶子在洁净的夜里越来越热，思索的云雀和鸽子，顺着灵魂的方向悄然飞行。

燃烧的树

背靠时光，我们以天空和树叶为衣，被阳光和希望养活。

从一开始就选择了拯救，以信仰为伴，在洞烛未来时有着杞人的忧伤。

每个岁月，我们守着理想的光明，在冬天里留住温暖，在夏天深埋皑雪之中。

我们内心疯长着的松林，是守护真善美忠诚的手臂。

在我们周围，常常笼罩着一片幽暗不明的孤独，但我们与纯洁的事物联系，对于肆意挥霍生命的人群，我们是撑起远方天空的森林。

大千世界在我们的内心，冬天还未结束，春天就在我们的思想中抽芽。

我们履行着童年的诺言，秋风卷走了满目青色，我们的心情仍然绿着。

我们是绵延不断的群体，我们并不祈求不朽，却持续着青春激情。

我们如树一样生长，在大地的每一处。四处伸展的枝叶，是我们的安慰和激励；无限扩展的根须，是我们向善的意志。有力地向大地深处延伸。

我们的枝叶，有可能被风暴损毁，但没有谁，能将我们连根拔掉。无论尘封冰覆，坚定地守护心灵的纯度是唯一的执着。

我们以此为荣，并愿将此崇高与他人分享。

在艰难而荆棘的路途上，我们洋溢炽热的血性；在荒僻的山野狂放率直的光芒。

在干涸的沟壑流淌清亮的血，以镀亮时代的文明。

为着我们的热爱，常常吟哦“我不是活着，是在燃烧”。在燃烧中挣扎与挥发，又在燃烧中播种和呐喊，呼唤一切的善，焚毁一切的恶。

我们是一群物质清贫而感情丰沛的人，在每个季节的每一个日子里，内心的情愫如泉水喷洒。泥污袭来，因着对美的崇拜，始终不会被污染。

我们以枫树的激情，在人生的峰峦，燃放青春的叶片。情愿在血与泪中搏击长空；情愿以焦灼的生命，融化满世界的痛苦与不安。

诗人啊！为了你自己的秉性，你必须是光芒或火焰，以自己的名义闪烁、照耀、跳跃和呐喊。

诗人啊！你只能以自己的炽热，超越自身的不安，以自己的燃烧，焚烧人类的不幸与忧患。

我的吟唱

1

我以大地的声音，通过我的心灵倾诉；我以天堂的雨水，通过我的唇倾泻；我用青春的旋律，智者的歌声来表达。

我以天空的花朵，超越大地之上的星辰的辉光来表示。

我以宇宙的真气，又以空间最高的思想来概括。

在清晨的中心，我喧叫着，唤醒沉睡的土地，叫醉梦的鸟儿惊奇而欢快地睁大眼睛。

我在暗夜的边缘奔跑着，回旋在星辰与星辰之间，连载着美梦与美梦。

我在绿叶的微笑中表现价值，在苍鹰温柔的羽毛中表现力量，在黑夜的火焰中表达光明。

2

我的意义原已存在，在每一个季节，无论风和日丽，风霜雪雨，不存在变化和消失。

在人的世界里，我是如此重要，居于真善美的中心，并一直尊严、光荣、美好。

我是快乐和幸福的源头，不断制造着温暖、乐观、积极的力量，创造着自由、秩序、和谐和美满。

渺小和伟大的事物都从我这里取得自己的位置。

我是强大的气流，响应者万物的呼唤，通过万物的和谐达到自己的目的，没有谁能背弃我，犹如没有谁能丢弃自己的真实一样。

谁要是斥责我抛弃我，那是因着他们邪恶败坏的缘故。

3

我先于你而存在，没有我的世界一片死寂。

每天，每一分钟我存在着，我的意义自然流畅。你会以你的心智了解我，懂得我，叫我以智慧充实你的头脑，以泉水洗涤你的灵魂。

给你以生气、健康、希望与现实。

我可能流入深渊里的沉默，流向虚无和空寂，那是为了更伟大的孕育，更美满的结合，更均衡的自然。

你也许看不见我，而我拥有世界和它的至纯至美。其实我是非常确定的，与太阳和树木一样确定。

4

时间之中，我沿着同一条老路来来去去，对于道路，我没有选择。

正如我从不谈论真理，我是唯一的真理。

我没有自己的忧愁，我的忧愁源于贪婪的心灵，败坏的头脑，草叶的呻吟，母亲的悲泣。

当我身外丑恶的一切均已消失，我的世界更臻完美。

我要战火熄灭，贪欲终止，屠夫栽种树苗和玉米；我要文化融合，权势消亡，阶层消失，贫困不再生长。

我要青草更丰，羔羊更壮，鸟兽相拥欢唱，人类的目光伸向宇宙更辽远的地方。

5

我是因着灵魂而存在，一切的灵魂之中最瑰丽的灵魂；我是因着阳光和河流而存在，永恒的欢乐和永续的流动。

不管你想不想我，寻求我还是远离我，我都会以我男性的刚健和女性的柔韧存在于你们之中。

我是恒久的乐曲，乳汁样的花朵。我会以我的音符填满你苍白的内心，以玫瑰的芳唇拯救你沦落的爱情。

我已成为你生活的每一天，每一个季节，你生活本身。

在每一个地方，生命存在的地方，产生着碧绿的和平，安宁与幸福。

6

我是具体的，又是博大的。

我一直守着自己的心、自己的语言、土地和疆域。我是自己的上帝，也想成为世界的君王。

我的庄园里有无垠的绿茵，欢唱的鸟儿，清澈的河水，奔跑的牛羊，嬉闹的儿童和满面红光的老者。

一切都是和谐和欣悦。心灵的芳香浓郁高过物质的丰盛辉煌。

我的世界是开放的伊甸园，我最终的目的是将伊甸园变为你们的家。

从我的目的地出发，将我奉献给你们，以我自身的光芒，使一片叶子的泪珠永存。

我是单纯的，我要你了解我的单纯而接近我的快乐。

我是幸福的，我要你懂得我的幸福，接受我不可悖的向善的意志。

我是满足的，我要你知道，我的满足是因吸收了洁净的空气，音乐和粮食的缘故。

7

大地老去，我不会倦于自己的使命。

年年岁岁，岁岁年年，我会以黎明的第一缕阳光和五月的鲜花来到你们中间。叫你们一边收获，一边祈祷，一边劳作，一边歌唱。

在纯洁的事物中剔除不纯洁的事物，在美好的事物中发现更美好的东西。

我的使命是无尽的。所有的，哲学的、科学的、艺术的、宗教的光芒，都将汇入我开辟的通道。

我的灵魂是无拘无束的，我要将我无拘无束的灵魂供奉于你们，在你们的心中确定无限至善的信仰，在你们的行为中制定无尽至美的原则。

8

我是你命定的景色，你唯一的方向和道路。

不管你喜欢我，还是推拒我，我都会如阳光和空气，流淌进你的生命，塑造你的心灵，成就你的愿望。

来吧，靠紧我，在我的气息里呼吸流动，在我的引导中自由快乐，在我的安顿里幸福圆满。

一段随想

内心的激情与现实的物象，一样沉睡着。星光又在不断地搅动重重感触和思绪，就像一台载重货车，挤压着微温而潮湿的春天，我无法做到静默如山。

为什么，我会如此静穆又如此激越？

一切的真实，通过我映现着周围的存在。一切的虚假，通过季节的风，征服着我的愿望，压迫着我的激情，表达着我的无奈。

绿叶知道，我在祝福和希望中，守护着幸福的信念。

无论艰难还是悲苦，我从未丧失，对自然及微小生命的尊重；无论距离还是背叛，我从未放弃，对花朵和星空的热爱。

幽深的思绪里，有许多的不如意。

我们追求和平，可战争的硝烟在空间弥漫；我们相信科学，却有那么多人，在痴迷宗教和权杖；我们热爱真理，而许多人还沉迷于异化的概念和风俗。

我们承认普遍的正义与公平，可一帮又一帮人，仍追随着随心所欲的原则和物欲泛滥的自由。

忧虑超越了世间万物，这是唯一深入骨髓的感觉。明晰的思维，清洁的精神，以及一切美好的愿望，无法扶住下跌的灵魂，无法遏制膨胀的贪欲。

唯有爱欲，是催发鲜活灵魂、精神及肉体继续存在的诱惑。这极富生命力的根茎，是我赖以保持心灵温度的最有效的滋养。

如果它被压制，仅是痛苦，被扼杀，便瞬即死亡。

我适宜在清纯的空间生活。燃放的花朵不会死去，也不需要再生。势利是那些和自己过不去的人的噩梦，我只能成为更好的自己，接受我单纯的存在。

我更适合在静夜苦思冥想，感觉种种历险从我的躯体穿过。

我的生命，犹如一只充满了快乐与忧伤乐曲的音乐盒，打开盒盖，知性与理性相拥在一起，秩序井然。

我更多地要形影相吊，出于我的愿望，成就我的一切。

其实，我的生命并不属于我，而是属于，命中注定已经承载的光芒。我信赖光明和责任，信任无可争辩的人间温暖和幸福。

我不甘于，只是别人眼里的一种虚构，亲人生活里的一些需要，以微弱的能量应付流逝的时光。

我要以无限的爱供养永远的日子，以纯净的光芒映照满世界的美好。

在这料峭的春天，这些一去不返的晨风和不再重复的时光，不会带走我的希望，我还要享受满夜璀璨的星辰。

不要忘记你童年的记忆，不要忘记你的诚意与真心。

不要忘记曾经的诺言，要尽毕生心血兑现它。

不要忘记，在你深深浅浅的幸福里有万物的祝福；不要忘记生命中广大的爱。

不要让圣洁的愿望遗失，否则，你将永远不会理解存在。

在这灰蒙蒙的天空下面，浑身是土，满脸焦虑的我，面对迎面跑来呼喊着妈妈的儿子，内心潮湿，双目盈泪。

在一望无际的荒芜中，我看到了绿树和青草；在漫无目的的路途上，我遇到结伴同行的兄弟和牛羊。

天空经泪水洗涤逐渐明朗。我有责任持续满腔的热爱，有理由挥洒温情和热血。

在继续往前的路上，我感觉不到过错。

满足于心还鲜活

文字脱离了原始的意义，规则远离了与灵魂的关系，这是纸上的游戏，权势的鬼火。

堂皇的词语由泥造的口迸出，显赫的名字由乌鸦的翅膀涂写。

奔跑的梅花鹿在荆棘的手掌中趴下。

这一切，由荒野的风，暗夜的微火操纵。

信任如此脆弱，承诺如此苍白。

纸张在灰暗的头顶飘扬，话语在发黄的嘴巴枯萎。

一些事情比云烟还乌有，一些理由比鹅毛还轻。

你只能相信，只有在良知的范围一切才是真的，知与行一致，字与眼统一。

你要将一些更好的想法焚毁，不再触碰他们的手或眼。叫他们灰色的目光与灰尘一道入眠。

你要抖落掉拯救他们的欲望，剔除一些忧伤，回到自己的小屋。

彻底冲出，污烟秽气的蛛网；进入星辰的怀抱，诗歌的田园。

有时候，你会感到十指连心的怆痛，是因为，你对美好的期望始终不渝。

有时只想冲进大海，与波浪一起翻腾；

有时只愿望着落日，等待着与星星悄悄默语。

为了初心，有必要受难。为了仰望着的头，白桦一样的腰身，有必要期待。

被揉碎的只是，你生命中最微小的颗粒。

接受原始丛林的安慰，倾听他的声音。

避开那一切诡秘，在深入意义的道路上权杖比树枝还小。

让爱制造并净化纸张，让心灵书写干净的文字；

握紧星辰的光芒，邀请时空的天眼注望你的灵魂。

满足于心还鲜活，感恩于真理的血渗透你的愿望。

在这片绿里低语

这一片透彻的、亲切的绿对我说，要好好珍惜光一样的生活，能够飞翔，便要低语。

于是，低语成为我守护自己的理由和充分享受思想的方式。

在这个季节，与绿一同生长，被绿包裹，沉浸在这绿里。唯一的担心是，有一天它会弃我而去。

这是静穆的时空，涂满了绿，我是唯一的风景，闪亮的风景。即使躺在月亮的梦里，蔓延的绿，仍伸向望不到尽头的星空。

绿成为时光的营养，成为生命的钙质。

依着绿的方向，冥思或梦想，是我生命的常态。即使稀薄的空气，这双坚忍的翅膀，随时能承接蓝天，飘飞在白云之上。

这腔一泻千里的激情，可将奥林匹斯火种，燃放在冷寂的额头。

这赴汤蹈火的爱，能融化千年的冰雪和冷血的骨。

这清晰明净的绿，使我的目光所及之处，有无限美好。

美好国家，以它的道路延伸着我的思想；美好自然，以它的音律，伴随着我的微语。

无以言状千姿百态的物种，使我的存在更加充满热爱。

懂得一粒米的尊严，顺应一声鸟儿的呼唤，珍惜一滴水的跌宕，使我幸福的感受更加强烈。

原本物态的我，因母亲、大地、阳光和思想的抚育，使我成为一个人。

在我的领域，干净的愿望，抵御着一个个带病的文字；梦想的翅羽，遮蔽着一双双贪婪的眼睛。

常常将美妙的神话，装载在孩子的梦里，不断揉碎，文明营养中滋生的蛀虫。

在我的世界，四季不再分明，每个季节都灿烂、丰富、温暖，没有什么会是冰冷、阴暗。

黑夜也是如此光明。

让这初夏的绿承载我柔美的梦，让思想的光芒引领词语的翅膀；让这温馨芳香的眼神，像树像花朵滋养着生活。

让永远的精神的流浪者，像一尊塑像，与时间同光。

终极关怀者，会以自己的方式，维护这个时代的真实和美好。一簇簇人心的光芒，映照着一束束思想，随日月同辉。

在这充满绿的思绪里，看不见的暗流，终将循入它的轨道。悲剧在一次一次的表演后，将被时间锁定。

被我耗费的时光，会被我以思想赎回；被我消耗的生命，也会通过我的梦想成长。

被我仰望的星空，也会在一个个头顶璀璨。

一个又一个这样的季节，满眼的绿，会牵着如我一样的目光，将一棵棵小树，望成一片片森林；将一丛丛小草，铺成向善的通途。

无数个明天，太阳从我明媚的双手上冉冉升起，人们踏着朵朵鲜花的脚步，吟唱生命的乐曲。

永远的绿承载着我的梦，延展着我的目光，使我成为天堂殿宇的修复者。

我的玉米

从记忆深处追溯，你是我生活的起点，是我的田园，我生命的重色。

一年一年，一季一季，一排排齐整地并列、直立、温暖关照。

从幼苗到茁壮，一样的挺拔。从头到脚，叶脉和根茎一样的灵动。

你是我幼年的记忆，青年的记忆，永生的记忆。生生不息，养活祖辈，养育着父辈，呵护我辈。

映照着我的成长，塑造我的风格。

在植物的世界里，你给生命最真的体验；在粮食的世界，你与同类自然的交流；在人的世界，你教给人心纯朴的感情。

有土就能活，有水就能长，有光就能表达生命的热望。

你的愿望纯粹而简单，你的目的明净而自然。被享用是你唯一的企图，被利用是你唯一的光荣。

你有着草根的梦想，成为一代又一代平凡生命激情的印证；你有着英雄的气概，是热血青春的表明。

你有着向善的力量，高高的枝干，成为生命的旗帜。

你有着炙热的秉性，站着燃烧，躺下成为灰烬，仍是土地的亲爱。

你有着奉献自我的特质，有着贫贱不移、挺拔坚韧的性格。

从出生到死亡，你只知道向上，从不低下腰身。

你是我生命中博大而沧桑的质素，在永久的生命里，表达着给予的价值；在完全的奉献中，表现着永恒的精神。

作为植物，你的颜色是纯净的生命的绿。作为食物，你的营养最全最真。

你柔软微笑，向阳花开。尽管花很细很小，感受你细腻而丰沛的感情，你的花语最美最亲。

你生命的轴牵引着我的体验，挺立着不被风折断，不为阴霾弯腰，在风霜雨雪里，也一样散发着激情昂扬的气息。

你站着比楼群光明，躺下也不会卑屈，即使干枯也有生命的价值，被亲爱的牛、羊及大地享用。

求得黄金，还不如一生守护你和被你守护；追求显赫，还不如在你的世界好好安顿。

在生命的世界，你是纯洁的完美的生命，比人高大，比神话久远，比未来更长。

叙说你，犹如叙说久长生命的历史，不是对过往生命的追忆，而是对生命存在的诠释。

一切终将暗谈，唯有你的光芒永耀。

哦，玉米，我生命的重色！哦，玉米，我精神的家园！哦，玉米，我永远的赞颂！

他如思想样挺立

他不善言语，发出声音，只为了必需的应答。

他善于节省语词。

他认为所有的创造是有限的，语言由心灵享用。

他的一生犹如河流，欢畅地表达着意义。

他善于将思想刻在石头上，长在树木上，为了永恒的光明和不朽的真理做着准备。

他的生命犹如墓志铭，还未活过，就已经历了几生；

与广袤的时空相对，与永恒的哲理相随。

他喜欢单纯的自己，清淡的生活，忌讳与事物本质无关的形式。

他本身就代表着纯粹，庄严的仪式。

他的存在，与原野一样清晰；他的方式，如阳光一样直接。

他几乎没有观念，不需要做任何转变。

对于世界，只想以婴儿的姿态，快乐地行走在天空与大地之间。

他可能会成为言语的过去，但他如思想一样，一直挺立。
他喜欢自己，就像爱情花朵和璀璨夜空；
他爱语言，便把沉默当作语言的家。

与苏格拉底

乔布斯，我比你幸运，你愿以你的全部科技换取与苏格拉底相处一个上午。

我在明月的呵护下，与这位圣哲相处了一个夜晚。

他不英俊，也不清秀，衣衫不整，光着脚板。只想随处播撒智慧的种子，点燃灵魂的心灯。

他平凡的身体里盛装着知识的奥秘，朴素的生命里盛放着思想的光辉。忽视外在的一切，只专志于学问，将一生供奉于探求世界的真知。

作为西方哲学的奠基者，是人类历史的真正巨人。坦然面对雅典神学法庭的判决，从容饮鸩，视死如歌，将有限的生命交付永恒的理性。

他让我知道“我只知道自己无知”。认识事物，必先认识自己。

他告诉我，生命渺小，律法至上；人生短暂，真理神圣。

他让我不断地突破无知，不断地靠近知识。

他的心灯照耀着我的半生，促使我，在有限的心灵世界与无尽的知识的海洋自由畅游。

他的胸怀比天空博大，能够包容帝国的自私和卑微的权威。

他的道德真正至善，从不关心衣食声名。

他的教导是自然流淌的泉水，没有什么，最严谨的语言垒起的堤坝，也无法将其截流。

我以半生，用奔跑的姿势追赶他，至今仍望尘莫及。

我用十个手指，想触碰他生命的长句，他思想的光辉透过我的笔尖流淌。

我用泪水掩住他面对死亡的方式，几个世纪前他心智的光芒，仍映照我行走的路程。

一个个这样的夜晚，仰望星空，期望与他相遇，探寻不尽的智慧，追随他苍茫的脚步。

我仰望的圣哲，我思辨的追寻。在梦中遇见，洁癖的我，只想好好拥抱他，将纯洁热烈的吻，深深印在他布满灰尘的额头。

如夜，沉浸在他天籁的圣语里，将他的话语，辅成我通向云天的梯子。

沐浴在他瀑布般的目光中，将一夜的幸福，融汇在我今后每一个日子。

与斯宾诺莎

从晨曦的辉光里，我看见了你。这是遥望了半生的际遇，我的心欣喜得一阵阵揪疼。

听说你生活散淡，日子很寂寞，除了自由和幸福，没谁配得上做你的伴侣，照料你的衣食。

你非凡的坚忍令岩石落泪，宁喝西北风，视国王赠与的金子如粪土。

你以细腻的手一边磨制镜片，一边述记灵魂的哲思。

你超脱的纯粹令花朵无色，只安抚心灵而轻淡尘俗。一边崇尚自由，一边以至善回报自然，回敬身边的一切。

你的心灵比雪花纯洁，比上帝还神圣，你的思想比大地厚重，比天空辽远。

你告诉我，我是我自身的原因，也是我的目的。我是不依附，也不畏惧他物而自然的自我存在。

我要在星光的参照中，求索和印证自己的价值。

追赶着你的明净步履，我度量世道人心的脚步仍然沉重。想要握你圣洁的手，我料理一日三餐的手，还在树枝与草叶间游走。

幸运的是，你已教会我，摒弃与功利有关的一切，只关注人在心灵世界，成就幸福的命运，不再思想死，而只沉思生。

你在我心里，又在遥远的新月之上。仰望着你，借你的目光穿透神州的灾难，将灿烂的星空留在眼前。

如果能够，请让我，在一个个梦里料理你的生活，为你烹饪一段温情。

如果可以，在一个个清爽的白天，让我摸抚你粗裂而明净的掌心。接近你的神圣，我还有很长的路程。

即刻，你如轻飞的燕，比几百年前的神采更高贵。能这样仰慕你，是俗世的我最大的安慰。

热爱并沉浸于你语言的在场，以此刻的灵感，完成一个思想，实现一个愿望。

哦，斯宾诺莎，你从我眼前悄然离去，可你是我心中永远的明星，不仅照亮我的思想，也照亮我的幸福。

让我从此，以我的渺小与粗浅诠释至善和自由，将自然灵魂的根须，贯穿于大地上大大小小的生命。

与康德

如天上的虹，你从云间缓缓走出，着简朴的衣衫，含隐秘的微笑，以峭拔峰岚的姿势向我致意。

我心中的永远的桥，奔跑了半生想要踏上的哲学的桥，你以你眼帘的范围限定了我未来的幸福。

作为批判哲学的先驱，我哲思的启蒙，叫无数前赴后继者踏着你的步履前行。

你知识学的灿烂金光，永不褪色。你伦理学的光芒，映照着绕行太阳的地球质子，燃烧东西方思想的界限，使光芒与光芒相牵。

你美学散发的芬芳，让一代又一代的欣赏者如临花园。

你博大深厚的道德，使欲望由心灵看守，自由至善成为人与世界的目的。

你严守的生活规则标准如钟，只在那么一天，沉醉在《爱弥儿》的情绪里，错乱了邻居们对表的时间。

在哲学的田园里，你一边探究，一边道德他人；在善之理性的庄园，你一边修炼自身，一边安顿世界。

你独自一生，却以丰富的哲思，充实着单调的生活。你从未走出过柯尼斯堡小镇，胸中却盛装着天下苍生。

一辈子深居简出，目光穿透着灿烂星空。

身体矮小，内心的道德律连载人类的无数心灵。

思念你，我泪水满盈。是你教会我以理性审视生活。

仰望你，我满怀感恩。是你告诉我，在一个小小的生命里可以容纳满世界知识的光芒。

人是万物尺度，无论沉浮与枯荣，必须如保护心脏样守护良知。

我在听，听你人性法则的轰鸣；我在感知，感知你思想的爆动；我在感觉，感觉你对我命运的敞开与给予。

我用一生在靠近，一点一点地靠近你思维的舟。

从奔跑到蹒跚，在你这座桥边，豁然懂得，我就是我的上帝，为自己立法。我就是自己的目的，也把他人当目的。

此刻，经你浅浅一瞥，我幸福得无以言述。吮吸你不经意遗落的一滴泪花，我可以一辈子在哲思的庄园宁静呼吸。

与马克思

昨夜，没有风，枕着灿烂星空，偶遇马克思。

他年轻英俊，没有胡须，目光深邃，看穿了我的心思。

他的妻子燕妮，温情款款，对我微笑，欲言又止。

我们谈了很多，从苏格拉底到康德，从孔子到尼采，谈起了共产主义，但没说阶级斗争。

他的唯物论震撼了世道人心，令神学家胆寒，拜神弄鬼的人们痛泣。《共产党宣言》在一夜之间唤醒了沉睡的无产阶级，瞬间在一些国家砸碎了自己的锁链。

作为马克思主义的创始人，发出革命奋斗的目的是为了全人类自由全面的发展，令热爱公平正义的人们欢欣鼓舞，为自身的解放赴汤蹈火，死而后已。

他走了几百年了，还不能够安息，真想重活一次，完善理论，再一次宣言呐喊。

我说这世界的平和关键在人心，以文化于天下，叫人心不再疯长荒草，不再滋生铁锈，还有艰难的路程。

他说，这世界仍需要变革，也需要耐心。

我说，因为你，我在几天之内将瞩望星空的眼挪入地面，剔除了自我的忧伤，将目光伸得更远。

我已经获得了自由和幸福，可还有那么多的人还没找到心灵的家园，很多人游荡在被欲望追逐的荒漠。

人类的灾难，常常压得我喘不过气来。

他说，你要耐心，也要乐观，人总有一天会看清自己的位置，解决自己的问题，获得自由幸福。

我确实很乐观，但闻着硝烟和一些腐臭的气味，心在疼痛，全身每一块骨头都透着忧愤的光。

他默然，又坦然而语，总有一天人人如花，你只会闻到树林、河流、天空和爱的味道。

我相信，若干年后，地球还很完好，没有了阶级和民族，我成为一缕携带文化容融的空气，世界大同，天下大和会在人心上扎根，在没有界限的土地上生长，遍布人类。

他安然会意。

在这之前，我必须是一滴滴清而又清的水，或一缕缕纯而又纯的光。

“一缕光”“一缕光”，我呢喃着，与阳光一同醒来。

与尼采

你从世纪的岔路口走来，带着傲岸一切的光环，于是，光彻四海。

你的热情与时光样固执，杀死了上帝；终生守着独行着的激昂，如雕塑般坚硬，又如云样清逸。

你是激情燃烧的羽翼，在遥远的路途中孤独的思索，冷寂的追寻，没有鸟语和人群，没有鲜花、色彩和声响。

你是宇宙的太初，是遗世独立，在精神太空的飞船里，创造人类文明的核心。

你在简陋的居所历经灵魂的跌宕，在苦难生活的创痛中思考人类孤独的命运。

没有陪伴，没有对话，没有应答。任由内心不断迸发自我觉醒与自我拯救的电闪之光。

你傲视尘俗，批判一切。你舞动着生命意志的大旗，高唱着生命力的赞歌。一路高歌，走向坚韧的孤绝，走向幸福的卓越。

你沉思和遥望存在的价值，给生命赋予哲学和艺术的光辉。生命只不过是一个又一个轮回，由自然创造，由自我主宰。重要的是生机勃勃，而不是长生不死。

你驰骋在未知的广阔土地，以天赋的灵智塑造超人，阐发未来理论惊世骇俗；以查拉图斯特拉激扬的祈语，向时代发出最狂烈的先声。

以云飞雪落的哲思，温暖世道人心。

你像银白的狮，拥有的一切都是光明，抛却的一切都是灰暗。你让上帝回到来处，震馈神学家的耳膜，动摇了被神统驭的意志。

你又是凌空飞舞的鹰，穿越时空，让灵魂自由发声。纯洁是你不可剥夺的戒律，无限释放生命能量是你唯一的乐趣。

在哲学思想的海洋，将生命之舟驶往壮阔无际的远方。

你以雷电的姿势俯瞰现在，让生命意志，成为后现代主义的精神支柱。

你自我喝彩，自我赞赏，堆垒哲思的巨石，挥舞的锤声响彻几个世纪，让一代又一代人，获得灵魂的自由。

人要成为自己，让生命获得价值，让自由回到自然。人不能成为虚无的奴隶，人不能成为神造的机器。

孤独成为你的命运，梦想成为你飞升的力量。

你展示的生命豪气，冲天绝伦；你表达的意志力量，鼓荡苍宇；你探寻的精神价值，光彩绚丽。

你深邃而清晰的思想，成为现代哲学理论巍然耸立的里程碑。没有你，无数人，会在上帝的迷宫许久徘徊。

你拆除了灵魂的枷锁，将许多人，从无知的恐惧和观念的奴役中解救；你打碎了，虚构的水晶宫和幻想的天堂，将自性的尊严交给生命。

你使哲学，从天上回到地上，让存在归于存在；让人成为自然界真实的一个原子。

作为不合时宜的求索者，将思想无限延伸。尽管不是最后一个头戴金冠的人，却是光耀千年的奇异花朵。

我爱你。爱你特立独行的精神，爱你轻蔑世俗的勇气，爱你毫无畏惧的灵魂。

爱你孩子一样的单纯，鹰一样的激越；

爱你电一样的彻底，星一样的孤寂。

更爱你，深邃的孤独里，只能被星辰透析的幽远光芒；你永远飞升，与天空一样永恒的姿势。

你归去，而哲思是存在的宇宙。

此刻，我裸身在星光里，任思维燃烧一个又一个静寂的时辰。攥着生命的歌与笑，遨游天宫，与你的浅笑相握。

因你孤独的手，我激越的思绪，跃过一个个暗夜，相拥一个又一个，春天的思想。

与卢梭

像空中俯冲而至的风暴，你以无可抵挡的自由浪潮，发出令君主们耳聋的声音，并碰碎了他们坚硬的目光。

论人类不平等的激情花朵，充满对一部分，冷酷无情者的愤怒，对一部分，愚昧无知者的痛斥。

奴役的链条，是由于人们的互相依赖，使他们联合在一起的相互需要而形成。

人类不平等是人类社会的孽障，人心上的伤疤。

人类不自由是人性的扭曲，是人与动物比高低时，给自己套上了枷锁。

剥夺人的自由，不仅是私有制，也是个人在不知不觉间丧失自己，做出甘愿成为行尸走肉的选择。

使人与人不平等，不仅是矮人与巨人在一条道路上，平行行走时自然的拉大距离，也是矮人畏惧巨人的感觉强烈时，心甘情愿被巨人套上绳索，并被牵着脖子走。

矮人放弃了自己天然禀性，将权利让位于巨人，任由他们成为绳索的掌管者。

人与人之间，再也没有什么，比人们成为强与弱，穷与富的偶然，而不是天然造成的结果更堕落。

富人顺理成章地成为，规则的制定者并安享其成。穷人被戴上制度的镣铐，不知不觉间成为被奴役者，放弃了自由，并安之若素。

私有制和人造的神一样，剥夺了许多人的天性，使很多人甘愿戴着镣铐。

顺着你的思想，且让我也发出，简单的声音。

每个人都应有自己的良知，良知是人能够自然存在的本质自由。顺应善良的心灵，人生而自由平等。

唯自由的心灵，才能制定公正的法律，规范基本的良风美俗，坚守人天然的良知。

唯有让心灵立法，在公共意志基础上的法律，才是社会向善的灯塔，是平等的准则，文明的旗帜。

人不能被购买。

一个公民，不能因为富有而购买另一个人；一个人，也不能因为穷，甘愿使自己成为没有灵魂的树枝。

人得成为人。

人应当像山岚和光芒，而不能像纸或笔被论斤谈价，不能像一根火柴被随意摆弄。

自由和平等是天赋人权，是人所以为人的根本目的，而只有心灵自由的人，才能保持此目的。

无论生命长短，人必须坚守合目的性的人性。

唯有热爱，并坚守平等与自由的人，才可能感受到生命的尊严，人性的光辉。

哦，卢梭，你的思想，成为法国大革命，和为自由而赴汤蹈火者的主旋律，成为自由花园里，经久芳菲的花朵。

哦，卢梭，你清晰如松柏，干净如晨雪，相对于那么多应当忏悔的人们，你没有什么可以忏悔。

哦，卢梭。我思想的启蒙，我永远的热爱。

我早已走在这世界洒满爱与自由阳光的道路，并践行着自己的步履，在前行的路上，艰难地推倒一道道灰色的墙。

你已在思想的隧道里栖息，而我可能会走得更远更深。

一份告白

种子蓄积着我的爱，与叶子、鸟儿一同收藏我的愿望。

顺应我的呼唤，粮食已在真空中进行过滤。

一直想象的事物是美好的，一直守护的事物更加纯真，犹如这玉米芯的颜色，纯洁饱满。

一直怀抱的愿望是简单的，犹如这玉米秆的腰身，永不堕落。

因着对万物的珍重，对自然的感恩，在岁月的臂弯里沉睡又跃起。

将生活的潭清了又清，洗了又洗。

如泪珠滚动在树木、青草的脉搏里，与阳光一同温暖你和世人的心。

爱情的诺言已兑现，孩子的愿望已实现，知识的苍禀将盛满。

经圣哲的帮助，我庄园的范围不断扩大，目光之处没有欲望的眼睛封锁。

神圣而灵活的生命，收获并释放太阳的花雨。

尊严而温暖的日子，诠释并呈现天堂的样子。

阳光又转回来

不记得多少个年头，随阳光由东到西，又从南到北，轮回了一个又一个轮回。

看这树，由小变大，由绿泛红变黄，我的岁月也由多变少，行囊由轻变重。

看这河，杂物漂流，异质沉淀，像许多人的内心，芜杂、漂浮、不安。

流年似水，风光不再。被阳光碾压的风，发出受难的呻吟声。

此刻的我，像一株被时光悬空了的红桦树，寂静又孤独。

一个梦，一首诗，阳光又转了回来。

这一年

这一年，走小步，喝清水。

这一年，不痛不喜，拥有阳光与雨水。

这一年，依然天真，在季节深处，却不识秋风。

这一年，接近花草的气息，拥有羔羊的灵魂，与一些世俗的欲望逐渐疏离。

这一年，阅读干净的文字，了解某个不幸的消息，疼痛一下，流一些泪水。

这一年，养花，写诗，还继续做梦，也做一些叫星辰和花朵高兴的事情。

这一年，忍不住点燃闪电的目光，撞击尘封的眼睛。

这一年，被树木和人需要，也说说，散发着露珠味道的话语。

没雪的日子

下雪的季节没有雪，这不是天空的错。

人背离了大地的愿望，违逆了星辰的指引。

阳光知道，我的体内，始终有四季的质素；我的心里始终流淌着雪的血。

小草也知道，我的额头，飘着雪花一样的花朵，我的胸中洋溢着雪花一样的激情，我的骨头里渗着雪花一样的液汁。

我和天空没有距离，我紧贴着大地的心脏。

在这个季节，让我柔弱的血管，从坚硬的骨头里喷吐而出，让我的诗句覆盖大地的焦渴。

犹如曾经的大雪，掩埋空间的尘污。

请天空，把我血管里流淌着的血，输给一个个贫血的眼睛，输给一个个焦躁的日子。

柔静的风华

1

在你澄澈的目光里，滋润我全部热忱，
不要颤动，不要让他滴落。
你的园地清馨，有古色古香的轻柔；
你的影子像春天的风，抚慰我的冰骨。
在我川流不息的幸福里，连载着千年旧梦。

2

我接受浩渺的天空，接受风剥雨蚀；
我滋养着你的爱情，耕种着你的需要。
在雨水的温柔里，荡漾着我洁净的灵魂。

3

谁在黑夜飞翔，谁迷醉于灯红酒绿？
谁在修饰经幡，谁在养殖鹰隼？
又是谁，用他的眼睛看破天空，将先知的谶言打开，将大地的伤口望成花朵?

4

我在梦里验证誓言，在鸟声里寻找最终的结局。
我把一切，寄托在爱的光芒里，
让轻盈的热血，携远古的呼唤，
在静默的长空之上。

5

花丛消融着我的泪滴，空气中流动着我的寄语。
没有什么可以畏惧。
即使你不再是你，梦如雪，爱如流，
我如水。

6

你去了，月色未迷。
总有一天，你会湮没在我的梦里。
山老了，柳叶青翠。
总有一天，我们会相拥生命的绿水。
当你的手牵住我的手，我离你如雪；
当我的目光握住你的目光，我离你如云。

7

我已经，完成了云飘雪飞的命运；
我已经，成就了梦萦魂牵的岁月。
所有的诱惑都从屋檐散去，
所有的喧嚣都在耳边终止。
我喜欢我空空的边缘，厚重的心。
我已淡漠了自然以外的一切，思想之外的一切。

8

装着英雄的骨血，守着柔静的风华，静坐窗前，
被无数星辰簇拥。
直到，夕阳残照空楼；
直到，世界无尽沉默。

夏日断想

初夏，满世界的碧绿和绽放的花朵，热情地向眼里拥挤。在目光的空隙处，忍不住碰到，钱币像纸片样在水泥、砖头的缝隙间翻来覆去的破碎。

握着花朵的手，还感到一些弱小的生灵，在强力压榨中万分痛楚的哀泣。

伸向远方的目光，总是瞥见一张张发锈早衰的脸，一个个沾满污垢的眼神，还有纷飞的烽烟。

背负责任和悲悯，尽可能的以微弱的气力，搬运脚下腐臭的石头，揉碎触及之处，冷漠的目光和空洞的文字。

可怎能阻止，我站立的位置之外，一切的腐朽与伤害。

有人总在季节里，热烈掠夺与侵害，使一些无辜的生命痛苦消失；有人一边享受文明的花香，一边在飘扬的旗帜上，浸满奢靡的味道。

在这个飘香的季节，为什么要选择伤害，为什么会出现破败的景色?!

但愿存在的是合理的，但愿现实的是美好的，但愿背面的暗藏的也能通向光明平和的道路。

不要，不要使危情加速。

在自我的范围，营养是如此丰富，玉米是主要粮食，诗歌是必需的维生素。一束束阳光样的笑容与一滴滴感动的泪水，糅合而成的蛋白质，是我的必需。

良知如纤维素，支持着饱满的精神；希望像抗氧化素，使我青春激情。

没被污染的喉舌发着童年的声音。

这个夏天，因捕捉了一束从万绿丛中散发的光芒，使我在一种意义中慰藉。

绿是最重的颜色。季节无边，满眼的绿，会覆盖整个空间。

谁接近了纯洁，就接近了美好；谁保持了真实，就拥有了勇敢；谁充满了热爱，就靠近了至善。

谁坚守着良知，就不会在功利中陷落。

走进了诗，就靠近了甜美的爱情；靠近了思想，就靠近了深邃的幸福。

那就让这无畏的灵魂，进入热情的夏天的虎口，在绿色的深处酝酿一段感情。

让一些忧伤，一些忧患，一些泪滴，在花朵的激素间蒸发、消散。

让一份关爱，一份祝福，一份纯净的光芒，在眉宇间映照温静幸福的日子。

柔美的生命

这眼睛里舞蹈的光，这额际里跳跃的火，之于隐秘的激情，爱情的灵蕴。

这晶莹静美的柔情，这纯洁温润的忧郁，之于无间的包容，思想的光辉。

这自在辽阔的安详，这云飞花落的坦荡，之于绿叶的孕育，阳光的慰抚。

这无限延伸的目光，这无以复加的幸福，之于淑世的风度，挺立的梦想。

这生活中绚烂的景象，这空间里满溢的芬芳，之于命定的方向，星辰的寄语。

那么，让这极致的生命，在终极关怀的道路上，供养每一颗灵魂，成就每一个愿望。

可惜流年

安逸的激情，静默地守望孤单的花朵。
思想的绿树，悄悄生长，根系大地，叶接蓝天。

活着的理由太多，拥有无尽的美丽，寻求的还很遥远；
时间旷费得太久，紧守凌厉的内核，不断移至宽厚的边缘；
要做的事情很多，思慕还很辽远，道路仍然阻缓；
能量积蓄的过满，驱散了眼前的烟瘴，充足了生命的延长，梦的绚烂。

春光无限，守护着，世间万物所有的愿景；
可惜流年，留不住，一切飞逝之物的脚步。

最好是种子

一个拥有高贵心灵的人，不会在一块块石头面前低下头颅。

他应当搬运石头，将它们掷出自己的生活，也可以将它们垒成一堵，横亘在自己面前的墙。

他不会因石头的强大，心甘情愿地接受摆弄。他也会是斧，猛烈的劈开石头，并砸碎它的心脏。

可以是水，揉烂石头的灵魂，像冲刷人心上的泥沙。

最好是种子，把自己种在土地里，长成满地青草、鲜花和庄稼。

营救受难的鸟儿，为受伤的人疗伤。

与时间永恒

许多人，将自己的信奉者放在冷库，需要记忆解冻。

他们恐惧的时候，心灵饥渴的时候，死亡将至的时候，热情膜拜。

神，像季节，鲜活又冰封。

我信奉的你，随时随处在我的感觉里、思想里、呼吸里。

对你的崇拜，与礼仪无关，与制造无关。

无需任何形式。

当人归于尘土，你依然光芒四射。

我用全世界的花朵簇拥你，用母亲轻柔的呼唤甜美你，以大地柔软的身躯拥抱你，以太阳无间的光辉映照你。

对于我，你就是星星的眼睛，空气的叶脉，也是风雪的味道。当风归于寂静，你与时间永恒。

我可能会离开蓝天，离开树林，离开这崇高的生活，离开每日高歌的爱、低吟的忧虑。

深深地隐匿于生命的荣耀。

没有你，一切皆为灰烬。

即使鸟不再歌唱，树不再飘动，年轮不再增长；

我没有一丝痕迹，你还在银河的另一端闪烁。

你是世间一切的完成

你是太阳的光环，无始无终映照着我的一切，让我的眼睛喷吐火焰，让我的血液清亮。

让我看见被花冠抛弃，被艳羽遮蔽的善；

让我倾听时光中的欢乐，寂静中的燃烧；

让我在无限时间的遐想中，了解事物内部的秘密；

让我懂得爱和自由是宇宙空间最高的善，一切事物的总和。

你是我存在的光芒，思想的命脉；

你是普遍实体提炼出的精华，所有规律的净化；

你是世间一切的完成，最美精神的实现；

一切神秘的死亡。

你是善中之善，爱中之爱；

你是流动在时间里无限的真理。

你是我真正的家

你从太阳的眼中落下，抚摸我晨露的话语，疲惫的翅膀；
你跨过了所有的眼睛，锁住我的目光，收留我的贫穷；
你喷薄的光芒，点燃我的思想，焚烧我的忧伤；
你让我的翅膀歇息，让我的梦隐匿于寥廓。

你壮阔的意义依宇宙而立，你亘古的意义随历史流畅；
你用比时光强力的光，将辽阔的空间与无限的时间连接。
年华易逝，江河变换，一切终将消失，你没有转换的迹象。

你使顽石转动，使西西弗斯的石头停止，使我不再彷徨和祷祝。

你成为无边，给予我思最好的方式。在一块块碎裂的石头上，开出一束束花朵。

你把大千世界的奥秘，展现在我面前。使我的思，是匾额，也是深海。

你是贯通真与善的脉络，你是衡量自由与美的尺度；
你是联系爱与知识的光源，是存在与理念的永恒；
你是生命的关照，是我唯一的崇拜，我真正的家。
除了你，我无处可去。

在你的领域，光明不断扩大，黑暗逐渐远去；冰川永远古老，危机不会上升。

在你幽深的目光里，我看到不会逝去的黎明。

地平线在你展开的手心上壮阔、充盈。

心灵在你的体内自然发声。

光荣终将存在。我像一颗无法看见的星，隐身于你寂静深邃的眼睛。

永远向着光

一根根骨头被剔净，一个个灵魂被清洗。尽管还有贪婪的眼睛，花朵亦然挺立。

一天天阳光散去，一个个暗夜来临。尽管情人会离去，爱的河流不会干涸。

爱情又溅起浪花。

在岁月的始点，我循着鸟的歌声，义无反顾。

意义有多深，我的脚步就有多远。

一个梦想被切碎，又一个梦想，定格在时间的上空。依偎着爱的音符，它不会自己破碎，它永远向着光。

阳光掉落，月亮眷顾着我的翅膀。我的目光追随星星的眼睛，伸向辽阔的穹宇。

在思想的光线上，我行走。在爱的原野，我飞奔。

没有今生，也没有终途。

纵使身外的一切虚空，沉浸于心灵的旋律，比诞生与死亡的脚步，更忍耐更欢快。

请为我停留

祈求时光，请慢点走，请为我停留。让我望尽无边的风景，让我饮足春天的液汁。

别太匆匆，将我的脚步，收紧在这正午。我要把每一天当作今天，每一天都是今天的样子。

伟大的时间在挟持我们，左右着世界。无掌握着有，有无法把握无。

这几颗疯长的枫树，芬芳的油松，以它们壮美的灵魂缠绕我。

我要将大地的意志和太阳的愿望，还有我的思想，一起种在今天，和树一样生长空气和自由，这一天就成为每一天。

每一天成为新生的记忆，储备美好并延长美好。

高过天空的花朵

夏天在春天的枝头悄然长出，天鹅绒样的思绪如流水，潜行在时光的每一根神经。

思想穿行于青草的梦想，飞鸟的翅膀，高过了天空的花朵。

热爱在田野的稻穗，树木的枝叶上，迅速生长，像歌声在人们的心头回响。

我唯一想说的话，在大地上生根，如种子，种入每一个清澈的眼神。

你百年的树根，也像今天的光芒，向四处延伸。

在承诺中等待

我歌唱着飞翔，飞翔着思想；
我思想着超越，在超越中祝祷；
我祝祷着叙写，叙写爱的奇迹，
时光的深浅，宇宙的秘密。

我在叙写中预言，在预言中推动世界，创造未来；
我在创造中忘却时间，为人类承诺；
我在承诺中等待，等待下一场更美好地相遇，
等待，更深地飞翔。

天堂之子

在这个祥和的国度，虫鸟和鸣，牛羊闲步，草尖散发着花香。

春天在我的额头酝酿为蜜蜂的房子；

最低的愿望已实现，最高的承诺将兑现；

万物开始唤醒生命的荣耀。

为这个世界，清洁你的心灵，提纯你的目光。

如果你愿意，所到之处，都能看见热忱的火焰，听到鸟儿与人们的欢声笑语。

如果你喜欢，无论身在何处，你都能唤起天堂洁美的廊柱，瞩望神圣的匾额。

你的心是什么样子，世界就是什么样子。

美好的你，美好的声响和风景；

美好世界里的你，是天堂之子。

在风中

梦中的花朵，生活与思想的丝线，牵着我从地面上升，拽着我从空中跌落。

书中的风，我生命激情的推手，心灵飞翔的翅膀。

被缚紧，我是思想的河流；被松绑，我是行走的房子。

深入风，是为了在情绪的湖里，闻到不绝如缕的思；在无尽的遐想里，感受青春的血液在指缝中流动。

这一生，我要响应美的呼唤，置身于生命尽头的风景，必须紧靠风的形象。

在风中，时常被吹拂，被收纳，被舒放。

靠紧风，我的语言芬芳，我的脚印长着青草。

在风中，我的心开满绯红的雏菊。

万物朝向我

油脂已被剔净，而干净的骨头不会消失。
情人远去，爱情却永生。
在朴素的小县，我沿着晨曦的光芒前行，
思想很深，夜色很浅。光芒有多远，我就能走多远。

他们的话像雾霾，又像风。
这切碎的梦想，这让你流淌的血，在血管中变成孤独。

与风声结伴。它吻着我的脉管，让时间之泪垂下。
月亮罩着我。我沿星光飞翔，
海洋把我的诗变成预言，万物朝向我。
我再一次，跌入梦或天空。

沉 思

陷入沉思，沉思，人与花朵，鸟与树木，时光与天空；

沉思，激情与爱情，山川与河流，山的峻拔，人的渺小；

沉思，岁月与时间，存在与精神，我与你；

沉思，利剑与思想，你的目光，我的语言，永恒与逝去。

沉思，创造与困顿，火的热望，孩子的笑声；

沉思，爱的声响，文字中的秘密，道路与方向，灵魂与绳索的关系；

沉思，生命与良知，美与秩序，羊的柔顺，鹰的雄健；

沉思，种子的光芒与土地的颜色，黑色的容颜，暗夜的星火，你明亮的眸子；

沉思，我与世界，爱与幸福，贪婪与毁灭，占有与贫穷；

沉思，忧郁的思想，海洋的预言，天空的眼泪。

沉思，睡眠与飞翔，梦的仙境与世界的殿堂；

沉思，星辰与粮食，亲人与鸟儿欢快歌唱的样子；

沉思，儿子的歌声与心灵的炫舞；

沉思我，沉思的浓郁和激昂，无尽与美妙。

像梦一样

从黑暗的深渊，我发现了光明。

我一如既往地沿着阳光的轨道，在无边无际，爱的田野行走。

我在沙漠和大海间架设桥梁，让海燕抚摸骆驼的腰背，羚羊闻到浪花的味道。

我在忧伤的泉水旁默泣，在翠绿的山林中歌唱，在岁月的隧道捡拾生活的珍珠。

我把美当作天空的花朵，将梦想当作生命的拐杖，把每一个日子当成梦的家。

我把世界当作大花园，人和树木，牛羊和花草悠悠信步，犹如在天堂栖居。

我常常如鸟，翱翔于生活之上，飞过村庄，飞过云霞，自由自在地在苍穹游荡。

在太阳旁边，与许多星星对话。

我生来，为了像梦一样生活。

我重复着我的梦，我的梦，是打开美好时间的钥匙。

我生来，是为了像星光样闪烁。

我重复着我的光芒，为了有一天，像流星一样寂然陨落。

诗意拥至

孤独的树站立在寒冬的风中，鸟一只只从枝头消失，心比树枝还冷。

星星跌落大海，天空一片灰蒙，忧郁的水滴在额头飘落；

阳光藏于山后，阴影袭来，痛苦的叶脉开始延伸；

浮云从天空褪去。高高的蓝天，撞击板结的土地，一颗又一颗心开始苏醒。

春天在手心里立定，歌声从草尖中升起，万物听到了优美的乐章。

诗意拥至，这个世界有了欢欣的情绪。

我属于思想

我思，为了我与时间一同存在；
我写，为了更好的思。
我在时间中停留，静听我的思想；
我在思想中漫游，为了时光不再茫空。

我在说，以语言守护我的存在；
我在听，以紧握时光的回声。
在思想里，我发现自己；
我成为时间的介质，我成为存在的家。

我属于自己的思想，听从思的存在；
我在思想的流动中，感觉和完成自己；
我在自己的时间里，找到了思想的路。
我在思想中将自己高举，像星辰。

时光选择了我，我只能选择思。

为了无限的存在，我只能将自己交给思想，安抚时光，安抚这个世界。

思想是我的守候，也是我的宿命。

在思想中像灯塔，不为雾霾遮被，不为世俗飘拂。

我为了未来的时光而思，为了永恒的事物而思。
在阳光的脚下思，在花朵的影子里思，在嘈杂的人流中思。
流动在街市的黄金，在我世界之外；
浮动在额上的花冠，与我的目光无关。

我思，没有生命和时间的间隙。
我活在自己的思想中，并幸福地栖居于思。
当思停歇，我便丢失。

回到你的存在

我的星从心头点亮，从高空升起，回到你的存在，闪亮在你预言的世界。

我已与自己合一。在正午与夜晚中，从格物到石头，想象归一的永恒，闪烁纵横的光。

我在岁月的沙海里，游动着赞美之词。

欢欣的河流和树木激情拥抱，鸟儿和牛羊在田园，歌唱自由之歌。

如果这一切不是现实，那就请你取代我，让我消失。

我不在，这个世界会更好，我愿如浮云，被风迅即带走。

对你的纪念

像祝福的音乐，你随时间一点点上升，在空间缓慢萦绕。

愿望已消歇，生命的歌已交付飞鸟。

成不了星空，那就做尘，悄悄消失。

你已在，爱与美的淬火里得到提炼。完整于，欲望的眼看不见。

完整于天地大美的延展。

若干年，这些文字在岁月的隧洞凝固，有人会捧起一首诗，如敬畏一片天空。

这一片草叶上的光芒，是自然对你深情的抚爱，也是对你最好的纪念。

回　声

我是被自己的思想娇宠的水，只愿在心灵画定的沟壑跳跃、流动。他们说西，我偏向东。

看他们，时常在泥沙俱下的河沟奔腾逐流，我静静地在草茎间、在叶片上、在山石旁缓缓流淌。

更多的时候，在树林和阳光间，润物细无声。有时也会被汹涌的浪潮挤压、淹没。

潮汐退去，我仍在山谷清澄回响，没有人知道，也没有人看见。

在我最寂静的时候，风会来。我会迎着风，宁愿将自己碎裂成无数小分子，在空中沉落，也不会让风，给我与泥污和流的机会。

我也会经受太阳的炙烤，碎成含着水汁的红玉，在砂石的怀中，无声歇息。

即使全世界都在喧嚣，我会独自在森林中睡去，在梦里听自己潺潺的清流声，听万物的欢声笑语。

在我无数次，去过和想去的地方，在那些草地、田野，与明媚的光线交谈，以低微的身段，对每个人的命运做合适的安排。

浮华消歇，我会怀着对时辰的钟情，在优美而孤高的夜晚，既没有来处，也不会流向他方。

只以天赋的音调，发出永久轰鸣的回声。

像鸟样被忘却

我想带着我的乡亲和朋友，与他们，完成我的启蒙。

我劳作的手脚，与他们接近，靠拢。我也想与他们一同燃烧，一同被爱烧成灰烬。

我在屋里数星星时，与天空的一颗星相遇，彼此深深凝视。一种情绪从我的心中飞出，那么自由，那么轻盈，好似我离开了时空，忘却了自己。

这颗深情的星，降落在我的梦尘上，是我灵智的一部分。

每一寸寂静的时光，成为我如此祥和的一种养分。

太阳下，我的初心与枯萎的花朵相撞，影子被树的倒影遮被，目光也被飞来的沙砾碰伤。

相识的人在远方。乡亲们在他们的田园耕作、祈祷、观望。

我已习惯，在寂静的心灵空间歌唱；习惯像鸟一样，被人忘却。

随高高飞起的思想，灵魂在我之内的世界，匆忙奔跑。

成为自己的景仰者

一捧自由的水，就能湿润一片草地、一片阳光、一片树林。落在人的身上却被风干。

这个时代，通向心的路，横亘着一道道山，还有那么多欲望的唇在饮鸩止渴。

上善之水，难以润泽厚腻肌肤遮蔽的人心。

不知道，在这娱乐的色彩盖过思想的时代，等着人们脱去金属做的衣装，还有多长的路程。

我的等待伴同着心灵的柴火，一边煅烧荒原的枯草，一边像水的回声，朝向河的源头，成为自己的景仰者。

不要让阳光倾斜

有树在林中倒下，犹如叶子离开了枝体。
我听见了它的回声。隔着大山的背影，新的生命诞生。

很多人从遥远的地方赶来，相互依偎，和阳光挤在一起。
有人还想要太阳失忆，想要它在黑夜里更黑。

千万不要让阳光倾斜，叫花朵失色；
不要叫黑暗的地方永远黑。

像阳光样拥抱一切

人们不要狂妄的忘乎所以。我们不是宇宙家园的主宰。

每个人，只是在行星上绕太阳旋转的微小颗粒。

我们只是，自己的创造者。怀念过去，记载当下，营造未来。

若干年后，地球与更大的星体聚合，我们会被那个星球上的谁记载。

为了还能闻到树香，为了野玫瑰在你的心中歌唱，我们要像泾河一样清澈，星辰一样安详；

为了说过的一些话永不糜烂，看得见的景象还能在眼中浮现。

我们要像鸟儿样，热爱同类；像树木样，相互关照。

像阳光样拥抱一切。

让时间静止于美的概念

在阳光与灯光的转换间，我渴望看到你的脸，你太阳的光子。

我想要，抚摸你纤巧柔和的手，还有磁铁般的话语。

他们散发着，青春岁月百合花的香味，隐含着星星和青草的味道。

在寂静的阅读和浪漫的幻想间，我渴望你的眼帘快速垂下，握住我的目光，我闲散地飘扬的手指。

不让我不再寻求天上的光圈，盛开忧郁的花朵。让我热爱的羽翼，不再被雾中的刺一次又一次的伤。

让这雾尽快散去；让树木、天空和人们的情结，清晰透亮；

让这生活在清晨的空气里垂怜；

让时间静止于美的概念。

让我失忆。让我在空白的时间，用硕花的灵魂花瓣想你。

我阅读世界

我阅读世界，我懂得它的源头，了解它的意图。

这不停地旋转着的地球，不动的太阳，永远变换的事物和工具。

我阅读阳光，它的枝脉穿过每一个花朵，每一棵树木，穿透事物秘密的心脏，穿透你我的身体。

我阅读时间，这即逝的永恒的隧道。循着它消失的方向，走出阴暗。

抓住它的手，留下相遇的味道。

我阅读自己，在哲思的苍郁，我的风景是一片光；在知识的海洋，我的纹理清晰如浪花，像流逝的没有痕迹的岁月。

我为阅读活着，了解现在和以前，求索我与世界，大地与天空的关系。

生命之外是什么样子，我毫不关心。

我不认识时光之外的阴影，也不知道爱之外的道路。

我的光吸引着光。

万物微笑着，我像泾河一样平静。

自然之善

翻过人生的山峦，涉过生命的河，实现了心灵的圆满，达成了自身的完整。

自由回到来处，与自然融合。

此刻，被温暖的阳光照着，被温柔的雨滴吻着，被柔软的泥土掩着，自在地躺在宽博的大地怀抱。多么舒适，多么安详，多么美好。

这是最好的存在，光与影的重合，空间与时间的无限交融。

这是最好的归去，不再遭遇阴影，不再相遇欲望，也不再碰触伤害。

只有默默地融入，静静地融化。

像天空，融化了思想，融化了记忆，融化了自己，融化了万物。

我赞美自然之善，赞美这交替的力量，永恒的静默。

成为你的影子

你是思想的旋梯，梦的丝带，牵着我从时光的田园飞升。

你是存在的对象，情绪的湖，近不了不会失落，离开了思绪悠扬。

你是时间的火苗，燃烧的香气。隐入，激情从岩缝中迸发；渐离，花朵在集结的泥土里呼吸。

我早已，铭刻在你的风景里，困在你的隧洞里；

我成为你的绿色广场，成为你的一个影子。

我把天堂的美妙印记交给你，我的世界一片沉默。

这个春天

这个春天很善良，用她明媚的手，给万物穿上柔美的衣装。

丝绒般的雨滴，抚摸大地的肌肤；海绵样芳菲的花朵，沿母亲额头绽放。

鸟儿的思想，盛开在温静的枝头；孩子们的笑声，在草尖上飞翔。

伸出手，紧握住纯而又纯的氧；伸出目光，没有一丝阴影可以触碰。

只要你想，所有的风景，会装在你的目光里；只要你愿意，整个天空，在你的影子里收藏。

我的孤独圆满

渴望见到你，如想要遇见我不可知的命运。流逝的时光，不会将你我阻隔。

一个个白天，见不着你，我是失去阳光的树。

当孤独成为我现时的命运，想见你，成为我命定的景色。

梦成为我与你相见的桥。

在洁净的夜色里遇见你，就像看见了我的夙愿，辽远的天空。

在某一个，万物相聚相拥的日子，我将太阳当成你的形象。在我所有的日子里，你就是阳光的影子。我的孤独，在你的影子中完整收藏。

如今，我把你当作我的帝国。

在你的庄园里有我仰望的风景，我倾听的话语。我目光所及之处，是内心的花园。

你的光芒里，有我的声音；你的语言里，有我的思想；你的世界里，有深不可测的真理，望之不尽的盛景。

我已进入你的内在，那神秘而清爽的国，完美和谐的圆舞曲。

我的孤独圆满，我的命运实现。

我不会忧伤

在某个夕阳西下的黄昏，我的诗篇，是否会被霞光收藏；是否会有人，在适合的早晨吟诵。

你可否说出我的心愿，并将一些神谕，复活在永耀的光明中。

我离去了，你不会消失。

即使有一天，你离我而去，我也不会忧伤。

爱不会拒绝，爱着的心灵；

真理会走进，理解它的思想。

幻想的翅膀会载着我，向你更伟大的世界奔去。

与星辰永耀

我以云和树的沉默与你对话；
我将天空，当作了抒情之美的灵感；
把梦想的力量，当成了完成形态；
把祭奠化作飞鸟的灵魂。

为了不再寻找意义，我向你，献上这些文字，
给仰望的你，我生命的荣耀。

冰封的伤疤，如流星陨落；
飘飞的云，碾碎了谁的梦想？
我的梦像无边的夜色，经久闪亮。
我不会被风成殇，被尘埃锁定。

相遇了孤独，就在诗中栖居；
遇见了光芒，只与星辰永耀。

睁大眼吧

夏日悄然而去，秋天的果实在枝头俯视。

此刻，满场的人为了一个目的，为印刷好的名字涂上，没有灵魂的符号。

他们像电脑一样，用的机器的零件和心脏。

许多事情都没有经历季节，仅在纸上就能催熟。

有个声音在我身后说，看，那风的指掌，早已把果子放在他们手中。

如果，再给几个春天的好天气，把清风吹在纸上，把清醒的头脑压进文字里，一切可能会不一样。

在这个月份，谁没有自己的房子，就去建造；谁熄灭了心灯，就让星光点亮。

谁此时比风还孤独，就是醒着，并将漫延孤独。

睁大眼吧，用见过宇宙秘密意图的目光，看见纸张背后那个木头人，看到形成规则的无赖过程。

继续阅读、养花、写诗，继续在场外的原野奔跑，在季节的上空飞舞。

诗是生存的宇宙

花朵这么清晰，为什么还相信虚幻的冠冕；
鸟儿与树木这么亲密，人为什么还要和人背离？

我就是我制造的光明的房子，在向上旋转着发声；
照着心灵的镜子，它晶莹剔透的样子，就是世界的样子。

看清云的位置，心可以随处安放；
懂得翅膀的秘密，爱就会到处飞翔。

写着诗，诗就是心灵的家；
守着诗，诗就是生存的宇宙。

从 容

为了营养这世间的眼睛，清洁季节的灵魂，从容地在心中耕耘，种植千种花，万种树。

为奔跑者、歇息着的麋鹿和牛羊营造园地。

从容地抿一口泉水，从容地想着，这泉水漫流过大地、山峦，流经每一个鲜活的生命。冲洗沾满泥垢的双手，被雾霾遮蔽的目光。

从容地在心中写一部爱的史书，像树像花的形象，在文字的绿野里，除了让人们愉悦，并幸福，没有别的意图。

好像从未活过，也不会死去；好像恒定在某一个时辰里，与星辰并列在一起，与星光的手，一起抓握每一个清晨的话语。

五十年的岁月，犹如今天，一样的青绿，一样的鲜亮。

那么，请允许我，享有这样的特权，让这一缕缕清香，在时空长久弥漫。

让这幸福的词汇，在生命的世界里，恒久绵长。

诗性的光辉

在阳光的居所里，花是花，树是树，还有浪漫的情绪和明净的天空。

享有的已是太多，这世界，给予我的已足够。除了闪烁在前方更隐秘的光芒，我不想再要什么。

在书籍里畅游，自由如深海的鱼。柔软的文字、流动的思想，还有这清纯的意境。

一切全是温暖，全是幸福。

幸福得如嫩绿的麦苗、初生的鹰！

如果此刻逝去，也清如荷，静如星。

如果可以，请留下这轻薄的白羽，如丝的光。

如果应许，还想给你绿色的景，给你红色的血，这饱暖地注视着世界的文字。

请允许我，不再占有一点时空，让我说完滴露的话，无尘的去。

活着，敬爱着时光，犹如敬仰着千年不朽的诗史。以虔诚的目光望着大豆，犹如望着灿烂星空；手捧着的玉米，犹如向满世界播撒圣哲的话语。

在和平的国度里，诗意的阳光充满每个屋角；在心灵的殿宇里，经验着未来的景致。

仰望还是低首，眼中满是飞翔的鸟儿，幽静的花草，还有人们的笑意盈盈。

同我拥有的天堂是一个样子。

把热爱朝向这一切吧！

这是生活，只有幸福的承担；

没有谁能阻止这温暖，这满盈的无限的挚爱。

将灵魂倾向这一切吧！

这是我们的幸运，怎能推拒，这澄澈，拥满明净光芒的殿宇。

这是浪漫的力量，诗性的光辉。

遇到未来的人

昨夜，遇到未来的人，他们个个春风满面，形色温和。

其实，很早就与他们相识，已步入他们的世界，先是一个人，而后一群人。

很久以前的圣贤，从星光中走来，他好像早已认识我，对我的问候以微笑。

无需对话，我已是旷野寂空里，最幸运的人。

在那个年代，人们已不用语言表达情谊，一切皆心领神会。犹如阳光之于森林，绿叶之于花朵。

无言的世界，我的话语成为多余，我或是成为过去，或是成为泥土和空气。

他们的时间凝固，而我的时空移动。他们从我身边款款而过，我成为树木，只能紧握思维的根须，任记忆的经脉向四野贯通。

追随或是纪念，我只在思想中沉醉。有阴影的时候，我还要像鸟样发声。

黑夜从未黑过

我把旧时代的离别，当成了新时代的装饰；我在所有的美好里收集，纯粹的美好。不断向空间传送，一场又一场美的诞生。

只将遗落了的光芒，留给自己。

空间有限，我不能活得太久，不能占用太多的时光。在这些许的存在里，有阳光和风雨就够了。

我的颜色还鲜绿着，未被风化，只需向周围奉送，一些清新和温暖的气息。

银河的光亮，传至那边的山河，在人心上发出的回声，如闪电一样强烈。

灵魂沿着他的轨道行进，明媚的头颅，在目光所及之处闪耀。仅有的时间里，还在期待，澄净而没有阻碍的道路。

我活着，是我的幸运，还是世界的幸运；

我死去，是时间在欢笑，还是河流在欢笑。

每一天都是最后一天，每一个时辰，都是手中的风景。

飘飞的词语如眼中的世界，舞动的金色诗篇，征服着终结的岁月。

激情在山野的花丛中呼吸，愿望的树林在额头生长。

爱是绝对的光芒。

黑夜从未黑过，光明从未消歇。

电 子

你带着欢快的电子，从弯曲的时空俯冲而至。

让沉寂的大地蒸腾，给深陷的草木泛绿；

自然的光景，毫无遮掩地闯入眼睛。

这沉寂的褐土，已板结地像一个个纽扣。

阳光、空气和水，已不够这季节享用，心灵需要撞击黑色的风暴。

请进入我的房间，让我的窗棂飘动。吹醒沉睡的梦想，吹活凝滞的思绪，催活纸上的话语。

这生命已经困顿得太久，这热情已长出了时间的光斑。

像剥离时间的伤疤，吹走思想的纱帐，吹落眼前的云雾；

吹掉岁月的苔藓，吹却心灵的忧伤。

再激越些吧！生命的电子。

把灵感，从沉寂的时间唤醒；把树木，从静谧的空间移出。

让季节像诗歌一样，让时光像爱一样；

让我的话语，从窗户飞出；

让我思想的激情，像鸟的翅膀，敲击僵硬的头颅。

雪中的思绪

花瓣一样的雪，轻拂在脸上，像爱人的手指轻柔地抚摸，多么自然，多么舒意。

零下 18 摄氏度的寒风亲吻着我的脸，我的手，我轻薄的脊背，好似青青草叶的抚慰。

路旁的树，尽管卸去了春的阿娜，夏的热烈，仍凌风而立。以挺直的腰身，表达生命的感恩。

冰冻的泥土，静静地包裹着温暖，怀抱着忠实，以厚实的希望孕生着绿色。

谁说这冬没有生气，这亲爱的大自然啊！无论雪覆冰封，仍是这样轻柔地抚爱着我，簇拥着日子的美好，孕育着青春的梦，支撑着向上的坚实的岁月。

热烈的爱，迅速遍布了整个世界。雪用最短的时间，走遍了所有季节。

万物分享着生命的乐曲，大地的神经在跳跃，我的愿望被泪花掩没。

风在心上走一趟，雪在额头又一新。

天空以它银河般透明的手，通过轻柔的雪向我低语，我的颅骨幸福地像银杉样上升。

飞舞的雪花没有别的目的，它只在洁净的身体里飘飞，在仰望的额头滋润。

深入雪，拥有雪一样的情意，怎一个雅致可述。

从一粒粒雪里看到，那么多闪亮的眼睛，明净的手掌，是多么幸运。

在这个季节，与雪一同呼吸，如同进入，圣洁的世界，芬芳的自然。

不想走远，也不想，步入下一个季节。让这份洁净的光线，在灵魂的上空永久摇曳。

幻 想

无拘无束的目光，照射着语言；金色的光芒，在你的指间闪烁。

明媚的阳光，猛然移入我的窗户，与花朵、树木，与虚构的场景会合。

浪漫的情节，在你的额头抒写，什么也阻挡不了，冲向天堂的脚步。

给我你的眼，你柔静的额，你手指的光荣。像钻石静移的光辉，连接我灵魂的根须。

如同阳光，穿过神的眼睛，给我你的夜，我未曾触碰的芳醇味道。

给我，你每一个清晨的微笑；

给我，你浪漫的喃喃低语，你清纯的完美噪音；

给我，你明媚广阔的时辰，毫无拘束、毫不掩饰的天空。在我的明镜里，如轻缓流畅的时光。

向我呈现，你的热爱，通向火焰的道路的沉醉；

按照灵魂的方向，燃烧的翅膀的指引，勇敢地靠近。

所有的障碍已拆除。你在闪烁的光焰中，敞开山一样的容姿，岩石般坚硬的柔情。

你的整个世界，成为清澈明净的清晨。

我连同我的梦，呈现在，你隐秘生命金色的地平线。

美好，为我们生长

把爱当作一把把钥匙，打开千万个门上的锁。

一片树叶上升，一首诗飞翔，一个眼神留住，一滴水欢笑。

一切都是诞生、变换，一切都是创造。

爱一万遍，有一万遍不同的景致，流动一千次，有一千次变化的喜悦。

爱停顿，这世界的门，即刻关上。

这神秘的创造，发现新的景色，看见不同的世界；

天空在手心里，大地在怀抱里，风景呈现在眼睛里。

万物犹如记忆。

我们静止或运动，变化在继续，选择在继续，爱在继续。

花朵，在季节中枯萎，在诗歌中开放；爱情，在尘俗中腐败，在心灵中鲜活。

光芒在时间中消失，在爱的音符中收藏；

思想在泥沙中沉溺，在寂寞的文字中拯救。

美好，只为我们生长。

在梦想中沉沦

夕阳西下，霞光绚烂。纯净而静谧的屋檐下，你流入遐思，向思想的最深处延伸。

你视为，轻如片羽的热闹街市，薄如雾气般喧嚣人际，已遁销。

你眼中，只有柔媚的光缕，树木的静影；耳旁，只有悠扬的乐声，柔丝的呼吸。

宁静如苍穹，生命的所有意义，在此刻凝聚。

你时常是梦，是光影，是浪漫的话语；有时是歌唱的云雀，是跳跃的火焰，在灵魂中飘飞，在穹宇间漫游。

更多的时候，在梦想中沉沦。

那里，天地万物一体，童男童女以眼睛对话，情人用云朵的歌声交谈，树木浓密如少女的发林。

阳光下的阴影比羽毛清晰，真理的花朵与爱的空气同样洁净。

那里，人们谈论柴米油盐，就像谈论智慧。

权力像阳光一样温柔，规则如土地一样宽厚，自由与知识，犹如大地与河流。

牛羊漫步在，人群平和的步履间；长老的目光与孩子的眼睛一样清澈。

在那里，没有伤害与差异，没有什么可以隐藏和躲避。

目光之内，世界和你一样真实，一切都是，心中的样子。

你的手掌，光明如装满阳光的玻璃杯。

此刻，你在时光之外，至于无限之善的沉思。

此刻，你生双翼，飞翔于天际。为人间留下，永恒之爱的讯息。

我读着你，写着你的名字

在暗夜的呓语，晨光的柔丝，正午的热望中，我读着你，写着你的名字。

在冬天的宁静温暖，春天的明媚芬芳；在夏天的热烈欢畅，秋天的厚实丰盈里，我读着你，写着你的名字。

在所有儿时的梦境，青年热情的歌吟，中年探索的脚步里；在我一生的青春激情，茫无边际的爱的疆域，我读着你，写着你的名字。

在田间明媚的庄稼里，玉米忠实的供奉中；在光明与阴影的交移，写满美德的文字里，我读着你，写着你的名字。

在盛开的花朵，牛羊纤细的毛发里；在鱼自由的游动，鸟儿飞翔的翅膀里，我读着你，写着你的名字。

在枪手抛却武器的手掌上，麋鹿欢快地奔跑中，我读着你，写上你的名字。

在晶莹的露珠，冷冽的风；在晨露的笼罩和轻快的时光中，我读着你，写着你的名字。

在静谧的空间，闪烁的灯光，急逝又新生的根茎，静止和觉醒的黑夜，我读着你，写着你的名字。

在狭隘的小径和宽广的大路，在独处的居所和热闹的街市，我读着你，写着你的名字。

在印满铜臭的脸上，大山的移动和海洋的上升间；在忧郁的笑容，太阳的光斑里，我写着你的名字。

在泥沙俱流的河面，花瓣被碾碎的瞬间，我写着你的名字。

在我每个手指，每个目光，每一个脚步，每一个音节，每一个移动的空间，我读着你的名字。

从我浅绿的梦境到柠檬的手心，从暗淡的白日到璀璨的夜色，从思想的幸福到自由的天堂，从得到的满足到给予的快乐里，我读着你，写着你的名字。

在相聚与离别的时间里，在出生到死亡的路途上，我读着你，写满你的名字。

在时光消逝的悲愁到滋生希望的容体，在燃烧丑恶的灰烬到诞生美好的吟诵里，我读着你，写满你的名字。

从希腊神话到霍金预言，从甲骨文字到互联网传播，从兽性狂野到人性尊严，我读着你，写着你的名字。

从生命的先验到自我的理性，从存在的反思到现实的超越，从对世界的认知到对终极意义的追寻，从语言的碎裂到思想的寂静，我读着你，写着你的名字。

从阳光的阴影到暗夜的光明，从古老的光辉到未来的明灿，从隐秘的美好到眼中的风景，我读着你，写着你的名字。

从沉思者的额头到探寻着的脚步，我读着你，写着你的名字。

我活着，是为了读你；我死去，是为了更深情地读你。

我读着你，写着你的名字，好像我从未诞生，也不会逝去。

我读着你，如水、如光、如星，与海洋一同流动。

我写着你，与时光一同永耀，与苍穹一样永逸。

回到自己

我长久游荡在被夜色掩映，至高无上的泪水之宫，把神灵笼进幽暗的夜空。

我拉紧歌曲的韧带，为明暗两界，把仪式的重压承担。

我从风雨中提取，奇异的挽歌；从王宫的灰烬中筛取，稀有的矿石。

向灵魂的宝座驰奔。

头顶的冠冕，使许多鲜花被揉碎，鸟的翅翼上负荷了无谓的压力。虚荣的花朵，使彩虹澄澈的光芒，被过分地挤压而疼痛。

为了心灵的光辉，请稀释这茫无边际的浓稠血泪；为了天降的大任，让灵魂免于无路可走的泥淖。

为了大地的宁静，我不想摆脱美与自由的绳索。

我只愿沉溺于，无翅的飞翔。在石峰和树木的缝隙中，乘着黑色的火焰，遁入永恒的爱的旋律。

将我生命的余温，化为灰烬的炫思。

啊，请填满覆盖着花朵的陷阱，剥离按在明澈自然旋锁上的手指。

我要绕开阴暗隧洞里的光荣；

我要从被冻结的人海里，从喧嚣的市场上逃离，回到自己。

回到自己，听小草与风的交头接耳，听鸟儿飞过的沙沙声。

在自己的神殿里，描画非凡的美，无尽的奇迹。

想念麦子

在小麦成熟的季节，满目望去，整片土地只有一两点麦子的颜色。

从什么时候起，大片的麦子，在我眼里渐渐消失，给庄稼人的额头留下伤痕。

麦子成熟前，我去了趟东北，我的目光太短，没有看见一片麦田。

我爱玉米，也热爱小麦。它们供养着我的生命，养活着我的思想，鲜活着我的灵魂。

这个季节，闻不到麦穗的清香，看不到农人挥汗如雨的喜悦，心中像丢失了一片天空。

从什么时候起，农业只在纸上热烈，耕耘成为父辈的历史。这个季节，触摸不到亲切的麦芒，手中的面包和馒头失去了原始的味道。

从什么时候起，一首流行歌，比农人几十年的收成还丰硕；人们追捧影星的姿势，比仰望星空的热情还高。

许多人，只有在视频中听到，花开花落的声音。

我不想责备，大地放弃了对麦子的青睐；我也不想抱怨，这个迅速娱乐、匆忙奔跑的时代。

我还是忍不住，为不该消失的事物疼痛，为远离圣曲的手惋惜。

为一生与星空相望的人，感到孤单。

在田野蹒跚，怀念或是留恋。怀恋少年时代的笑声，人们轻轻浅浅的希望，简单的衣食。

热爱粮食和阳光的纯情岁月。

只想做一个曾来过的人

这些花，这些枝叶，这些果实，它们高高飘扬，像旗帜。

我的心思，比它们还细密；目光，比它们更高远；爱情，比他们的更神秘。

我喜欢它们，是为能更好地爱自己。

我的泪滴在叶片上，即被吸收；我的话语落在花蕊，即被收藏；我的思绪碰到果实，即被融化。

这天空，这大地，这海，即是我的天堂，也是我的牢笼，是与我，思维共振的频率。

我懂得的，比它们拥有的更永恒。

我爱上无知，爱上知识，爱上幻想，爱上好人和坏人。

我是时光的眼。我在田野，用笔和眼睛交流爱情和思想。

我在风上走过，像风一样将爱藏起又释放；我在沙上漫步，和大地一起珍藏，纪念我的足迹。

我在河上趟过，水收留我的脚步，并延长我的路。

我到处留下自己的痕迹，但这一切，只能使我，在寂静的路上越走越深。

我只想做一个曾来过的人。

做人们喜欢的事情，做人们不喜欢，但对未来有意义的事情；做让风和叶子都爱上的事情。

做天空和河流都喜悦的事情。

我在，深深浅浅的风景中搜寻光芒，在短暂的道理中挖掘真理。

这毫无欲望的天空，深深地将我包容；这不露声色的大地，深沉地将我热爱。

我不愿，只是和风站在一起，和树并行，和石头一样沉默。

泪在风中飞落，伤在星空消逝；

忧郁的浪花，被它更深的海淹没。

深入一种关系的内部

夜让星星闭上眼睛，你梦见了，幸福的自己。

你与深爱的人，宁静相对。没有月桂的守护，没有飞鸟的监督。

在海的洋面，浪花与风暴相遇，深入一种关系的内部。

星光将夜与白天、人与人连成一体。一个亲吻在星辰的穿透力面前，太多余。

只有淋漓的相互映照，是真正的在场。

你喜欢这种感觉，像纺织绵柔的生命线，可以延绵无数，隐秘的岁月。

重要的是，能在无数僵硬黯淡的白天，回味这些美好的时辰，让甜美的汁液在血管涌流。

即使晨光不再照耀，梦是真实的驿所。你将水一样的情谊送入，相爱着的耳朵，淹没他们的忧郁。

你的目光是夜的一切，足以照耀人们，走到下一个夜晚。

在不被金子的欲望击打的地方，心盛放着自由的花朵。

年轻的光芒

清晨从窗棂中进来，我惊讶于它的清透、朴素与坚韧。

离开锁着的门，行走于它温暖、密不透风的手掌，它轻轻滑过的天空。

歌声冲过云雾，向鸟的巢穴奔去。

晨光与新树一齐涌向城市，照见，许多人奔走于楼群之间，许多人还在沉睡，许多人做着，比猫和老鼠还荒谬的事情。

有人在叫喊，有人在仰望不朽，有人在太阳下冷得发抖。

我满载着泉水的纯真，细细流淌，明媚而孤独。

清晨或是午后，总有一股不可阻挡的力量。

那么多痛苦的事，我已感觉不到。

无畏的年轻的光芒，只知道制造幸福。

用一瞬白话幸福

吃饭的时候，一粒粒可爱的米与你相遇，你看到稻穗上的光芒，在碗里盛满了浓浓的祝福。

喝水的时候，无色的水晶，以她清澈的语声盖过一切声响，在杯里斟满了纯纯的幸福。

饮酒的时候，尚未咽下，幸福就已贯通了血脉，沁透了鲜活的细胞。

睡觉的时候，田野里的棉花，低下她饱满的头，向你轻轻微笑，仿佛在为你铺着柔软的床，让世间最美的景色，深深嵌在甜美的梦中。

做事的时候，在你的语言里，行走的脚步里，书写的笔尖里，都涌流着满满的幸福。

望着爱人的眼睛，柔情的热血，已蔓延你的每一寸肌肤。

仰望星空的时候，你的幸福，比星辰的光芒还深。

被太阳抚摸的时候，丝丝缕缕的阳光，放大了你的每一根神经。

你说，在你的每一天，每一个时辰里，有哪一刻，你不是在幸福着幸福。

当你思想的时候，当你阅读的时候，忧郁的花朵也透视着幸福。

你说，在你能感觉的生命里，有哪一块骨头、哪一个器官不是被幸福养着。

幸运的人，你只有感恩着幸福，幸福着感恩，才是，真的活着。

时辰的光芒

这个时辰，带着金色光芒向我附身，以它最美的眼睛缠绕我。我隐入古老的原始森林，清脆的泉水声，将我的耳朵敲响。

我全部器官聚焦于这一刻。

我开始解开世界的秘密，创造的意图。

我的心，像苍穹一样安静，只有飞鸟能感到我的心跳；我的爱，像暴涨的河，向太阳的隧道畅流。

我将时间的手摸了又摸，它光滑又柔韧。虔诚的我，隐身于它光明的翅膀。

这里的山岚如此孤独，超拔又深邃。

吞噬时光的鸟，从我头顶悄然飞过，没有将我的光芒带走。

我的目光还很遥远，我的呼喊比山峦还重。

即使世界改了初衷，星辰还是原来的模样。

真理的光芒，在我目光的映射下，显露它永恒的本质。

一些已经破碎的箴言悄悄重合，许多沉睡的鸽子开始起飞；

一束束光变成了花朵，一滴滴水汇成河流；

一颗颗种子向思想的园地靠近，不再毫无目的的流浪。

我看见，许多荒芜的灵魂开始碧绿，一些僵冷的事物重新温暖。

我的臂膀，像这挺拔的白桦丛林。没有欲望的叶片，只听得见，时辰的脚步和他优美的回声。

我又深深地沉入我的梦。

我不用被唤醒。我醒着和梦里是同样的姿势。

为了不塌的山岳，不变的江河，我要用我星辰一样的手，设定新世界的样子。

我只愿

在世事漫漫的洪流里，我只愿是一脉清流；在泥沙俱下的街市中，我只愿是一滴清露。

当无知的箭矢，射向知识的盾牌，我的眼睛忍不住，迸发疼痛的电火。

当权势的板斧，劈向正义的界碑，我的灵魂止不住，涌出愤怒的波涛。

时常，我是庸俗之墙间闪电的翅膀，盲目之雨间的光芒。

我想掌握时间之火，在燃烧中，向世人教授爱的课程。

我想叫人们，爱光明之前的阴暗，也爱季节的衰落；爱世界的美，也爱它的缺陷。

爱太阳的思想，也爱小草的期望；

爱风的细语，也爱它的呼啸。

更爱阳光的手

我在星光的抚摸中入睡，在知鸟的邀请中醒来；

我把贫困的自己藏在岩石里，把丰满的自己举向山峰。

我的心中除了浩大的太阳，就是天堂的泉水；

头脑里除了对人类善中之善的构想，就是星空的理性。

我饥饿时，只知道翻开书本；寂寞时，一遍遍数着星星的眼睛。

我在深夜，向万物送上问候。他们安定的时候，会听我耳语。

我把整个世界，当作我的亲爱；

希望现在和将来，是我祝福的样子。

我爱星辰，玉液永恒的眼睛；更爱阳光，柔情无限的手。

没有身份

在思想的深渊中，我只是一个人，没有其他身份。

我把自己解开如海，在波浪的脉动中，在洋面上倾听、舞蹈。

流淌着水一样的血。

在幻想的路上，暂时放下思想，只服从于你幽暗的手。任无色的汁液，漫入每一根神经，直到我，变成了无痛的心脉，无序的器官。

直到我，不知道自己。

被你灌溉或清洗，我再也发不出声，直到你，再一次地呼喊将我抬起。

我直立，又深深陷入，你幽静的光芒中。

我的思绪，躺在树叶的缝隙里，像一朵朵火焰，精心地吹醒大地，又将时间的根须催眠。

在岁月的手中，我轻薄如纸，飘拂或沉入，是自然呼吸中的一缕空气。

在思想的隧道里，我强大如铁。进入你的世界，被你充满，哪怕小小一会，我已失去自己。

我的额在看

在世纪的岔路口，我的额在看。

我的手，在其他人手中阅读诗篇；

我的足，同踏过的顽石交谈；我的激情，堆垒在每天经过的墙裙。

我的声音被飞鸟带走。

时间在流淌，我多次在同一条桥上徜徉。

所有的颜色，都已化作声响与气味；美丽无边的冥想，如同乐音。

遇见未来的人，他们是我的相识，坐着并驻留在他们身边，唱着歌，催现代的人们入眠。

在想象的城堡，我能做的，只能是缄默无语。如果我开口说话，我就是一个，逝去已久的往者，仿佛站在那里，久已腐烂。

在时光的海里，我是自由游荡的鱼，随着浪花出，又浪花入。

航行在自己的海面

还没来得及看到阴云，一场暴雨猛然来袭。

树林在我身旁奔跑，花朵从我额头跌落。

信任被拆卸，诺言被瓦解，我躲在诗歌的房子里收敛泪水。

当正义的概念穿上华丽的衣衫，行走的路会变得怯懦。

纸片在乌云之上盘旋、翻腾，愿望的种子瞬间被揉碎，柔情的果子被摔得很远。

你不再相信铿锵有力的话，不再信任纸片上的承诺。

这冠冕的文字，印在泥土做的纸上。这话语比羽毛还轻，比雾还虚幻。

他们用过的纸页一张张沦为灰尘，掉落在青草的脚下。

我有着大海般抵御伤害的心，依然渴望清晰的明天，和纯洁的字眼。

我要敬仰，守护我的玉米和土豆；热爱，滋养我的思想和星辰；

我要脱下这轻薄的衣衫，撇开一切形式的箴言；

我要邀请坚硬的岩石做朋友，与天空的雷电交谈。

我要变成树林和霞光，只呈现于自然；

我要成为浪花和海燕，航行在自己的海面。

美的样子

美，是清纯的白，清亮的红，幽明的黑；

是澄澈的心灵，深邃的夜色，飘扬的思绪；

是静默的森林，无言的天空，时光的手掌；

是太阳的胡须，火炬的形象，春天的高羽。

美，是良知清晰的纹络，和谐旋心的旋律，花朵滴落在叶片上的泪珠；

是云的衣裳，星星的话语，玉米芯上的光芒；

是空气的翅膀，大海的思想，镜子一样的心和眼睛；

是鸟羽上的花纹，笔尖上的露珠，阳光在青草上悄无声息的流动。

美，是鸟兽迁徙的指南针，是初现的星光，月亮的圆满；

是麦穗上的花朵，绿野上的牛羊和鸟雀亲密的样子；

是不会生锈的文字，不可分割的河流。是人与我的和解，我与世界的无间亲柔。

美，是第欧根尼的幸福，仰望星空的姿势。是无限丰富的创造，维新明媚的屋顶。

是夕阳回赠的满天霞光，通向苍穹的道路。是事物的灵魂，永恒的神秘。

是一次又一次光明心体的重生，永远闪烁在前方的声音。

是心与心猛然奇妙的相遇，光与物瞬间玄妙的结合。

美，是超然沉思着的、深不可测的意义的延伸，是上帝永远抓不住的遥望着的神圣。

是我要设计，却难以设定的图景。是无以言尽，不可描述的最真的真相。

美是无尽，而我现在，只能说出她这些样子。

我是云

我是天上的云，整个天空是我的房子。

我高举着双手，与云的姿势保持一致。

我在太阳的思想里，建造一座座庄严的宫殿。任何时候，呼唤着人们进入。

我还想，将我的目光织成彩虹的丝线，牵引人们的手和眼睛。

风将我从空中楼阁推下，在路上行走，世间的道路很深，泥泞而不坦荡。

前路还很遥远，铺满了我不喜欢的石子。

我在沉思中睡去，又从柔美的梦中醒来，世界还是原来的样子。

生命之乐

天籁之音喷吐而来，我被欢快地融化。

我的泪水泉涌般汇入，这千年不变的旋律，万年不变的曲调。

这亘古不变的河流，缓缓轻柔，又高昂激越。抚弄我的心绪，撕扯我的情感，融汇我的想象，销蚀我的孤独。

这激射的泉流，从裂开的石缝喷出，冲决黑暗的波浪，向时空迸流，充满生命无名纯粹的永生。

这超乎一切的神秘创造，美中之美，光中之光，灵感的启示，灵思的总和。

这让生命重生与延续，让激情喷发和涌流的生命之乐。

这净化心灵的清泉，提升灵魂的旋锁，点燃幸福的焰火。我永久沉潜的生命之乐。

不管你来自哪里，你让我清灵，让我沉醉，让我疼痛，让我飞升。

让我的器官都凝聚于热血迸流。

你是天空的星火，大地的灵脉。点燃青春的火苗，燃烧沉寂的血脉，激活冷血的颅骨。

像千年不灭的圣水，泽润板结的冻土，催活干涸的河沟，让飞翔的鸟儿驻足陶醉，跳跃的水滴猛然倾倒，奔腾的河流停顿在你的音符。

啊！你这诞生美妙之音的种子，是谁让你揭示生命的微妙，表达永恒之爱的神奇；展示心灵的微粒，爱情的高妙。

是谁把你赐给我的心灵，送进我的耳朵，让我深陷于你能吟诵的我的灵魂里。

我深深地，深深地感谢！你这神妙之乐。

如果这世界没有了你，犹如生命没有了鲜活的血液，天空没有了风声和星光，大地没有了流水和声响；

鸟儿折断了翅膀，爱人失去明朗的声音。

不管你来自何方，是我不变的心曲。

纵有一千次离别，有生命之乐相伴，仍有一万次相遇。

我心如初，飘扬的灵魂不会坠落；我爱永恒，灵动的生命永远青春激昂。

寂 静

寂静的室内，我被飘动的窗帘唤醒。

总有什么在催动静寂的时辰，拨开花蕊，让它开得更鲜艳些。

总有不知何起的情绪，使激情在无翼的空间游走。

一行行字再次出现，我非常熟悉的比晨光还清亮的光，在四季梅的花瓣上生根，在常青树的叶片上发红。

这些词语像无定的风把过去和现在相连，它们顺着地幔向海底延伸。又似一滴滴水在空中飘飘洒洒。

一个又一个清晰的灵魂幻象，真实地向我展示，启示的声乐一遍遍在耳旁回响。

世界小如我的房子，我不会衰落的忠实手指，穿过云雾获得所有美的影像。

光在持续，我的梦和花朵的梦重合，与世界的差距在缩小。

我不会随你而去

我在花朵的誓言里沉醉，星空在我的思想里耸立，
我的指头飘香，我的骨节发出闪电的声响，
我的各个器官被幸福挤压得发着绿光。

河流在哭泣，道路还在渗着血，
我的灯火会点亮星辰的眼睛。
一些辉煌已暗淡，树林不会倒塌，
雪松依然燃烧。
我的目光在星夜描画新世纪的模样，我的心大声地对我说，要好好握住笔，笔点上的光芒是永恒的光芒。

那么多的忧愤在裹紧我，
而圣洁的雪将我覆盖得又严又密。
我的生命由太阳和大地组成，可以分解成无数跳跃的精灵。
我飞翔的翅羽一根根像珠峰的山脉样卓立，
我的意志在苍穹的臂膀上舞蹈。
即使那边的阳光被阴霾遮挡，
清亮的月夜温暖着我青翠的额。

哦，飞扬的 2016。

岁月的峰岚旋转着我的焰火，
这么多美好的词语在我的指缝间上升，
许多事物会留在我的手掌里。
我还要用我灵魂尖锐的喙，拔掉他们老化的羽毛，
让他们在疼痛中蜕变重生。

2016，我不会随你而去，
我还要继续阅读、养花、写诗。
人群之上，我的尺度在衡量着世界的良心，
天空之下，我的鲜花和血液滋养着孤独的心灵。

爱的花朵

因为爱你

高论或低语，都是因为有你。

呢喃与小草的话语同音，高声与阳光的音律一致。

奔跑或漫步，都是因为有你。

与河流的脚步并进，与涓涓的时光同吟，与树林同行，与山峦并立，与鸟儿唱同一首歌。

因为你，我在华丽的年代求索，在热闹的街市独行，给梦一样的生命，盖上整座森林的房子。

因为你，我在飘香的文字里悠悠信步，在你旗帜的呵护下尽情吟诵，也在金色的田园捡拾垃圾。

因着你，坚如磐石的向上的意志，因着你太阳永远的光辉；

因着你，山川江河的大美大恩，亲爱的祖国，我爱你。

我爱你，犹如爱着宇宙的韵律，涌动的大气，永续的思想。

我爱你，爱你庄园里那么多，守护星空的心灵，上善若水的人们，飞扬的英雄气概，和净化世界的骨血。

还有那，挥舞着诗篇的手，正在茁长的幸福新枝。

我爱你，从里到外，从边缘至核心。

在你安顿的家园，没有暗黑的街道，丢失牧场的担忧；没有晨出花谢，晚归叶落的阴郁。

没有母亲泪洒屋檐，命若飞灰的惊惧。

在你的园地，时间被守成了一首首诗，愿望被化解成一座座城市。

因为你，我在镜子般的眼里分解自己，把分割的岁月，转换成一首首欢快的乐曲，向你手指的方向疾奔。

因为爱你，在行走的路上，我幽深的目光，碰到了许多残缺的风景。

一眼望去，还有一些，贪婪舞动的头颅，肆无忌惮，脱离人味的关系，硕鼠和苍蝇相亲相爱的行为。

还有毫不顾及鸟的啼声，鱼的呻吟，鹿的哀鸣，蚂蚁的痛泣的一切的伤害。

还有那河流深情的呐喊，一些心灵深深的怆痛。

我亲爱的国家，因为爱你，我请求，你要歇一歇，调整一下呼吸，抖落掉身上的灰尘，给伤口上涂上消炎药，小痛一会。

我还请求，给我足够的场地，让我不断生产，洗涤灵魂的圣水，使一个个颅骨，像他的衣装一样干净。

也请给我充足的氧气，让我以纯粹的爱，培植一个个公正向善的意志。

在每一条要走的路上，竖立自由平等的界碑。

为了这份挚爱，请砸碎目光的绳索，连根拔掉腐败的大树。掩埋一切，腐烂的丑恶的肮脏的垃圾、土壤和气息。

让我用笔，用话语，用满心的热望，用星辰的呼唤，将人们的身体交给心灵，将希望交给纯洁的、高高飘扬的旗帜。

母　亲

你的一生如透明的玻璃杯，干净清澈。

你在繁琐无绪的习俗中运转，每天重复着单一的希望，同样的劳作。

坚持忙碌，犹如虔敬不理解的宗教。

守着简单的心情和愿望，将全部心思交付未知的天堂。

你不明白，一场冰雹为什么猛然袭来，打落满树鲜嫩的叶子，人为什么不喜欢种小麦和大豆而侍弄花草。

你也不明白，太阳为什么会火红，月亮会清冷，在穿棉袄的季节，那头的人为什么还穿着短袖。

你更不懂，从一个小小的机器里，能听到千里之外儿孙的声音，还能看着他们，和他们说话。

你没读过经典，却像个道士，满足于粗茶淡饭，简洁的衣衫，平淡的日子。

每一天将爱注满时间，将目光穿越眼前的生活。

你在土地里耕作，风景倒在你的脚下，种子在你的手里接触了土地，变成了满地庄稼。

你像清晨的太阳，将你的全部给予儿孙，以丝缕的温柔，向万物送上平和的问候。

怀抱无限温暖，期待迈进天堂的门槛。

你的每一天都是明净的味道，明净的创造。

母亲，我没有理由不爱你，正如我没有理由，不爱春天的清晨，爱的味道。

像大地一样爱的人是多么幸福

像风打开春天的门扉，你以守望幸福的目光，穿透我内心的诗篇。

我的思绪如超载的马车，迅疾向你光芒映射的方向奔去。

我的爱情，为了坚持心灵的温度，仍以固执火鸟的姿势，在空中燃烧，不肯落入，你温柔手指划定的位子。

在这个月份，万物都在竞相表现自己的生命力，我能用心牵住的事情很少，眼前有许多流行的色彩，正在随灰尘滑落。

有的灵魂像雾，有一些像流星。我将以怎样的力量，使他们变得清晰，并遏止他们的下跌。

心灵源自于广大的爱，我总想以自己装满泪珠的手，留住晨曦所有的光芒，唤醒沉睡的村庄，舒展麻木的眉额。

让自己这份景色感动别人，让我的梦一直载着你，直至岁月从时间中消失。

一阵清丽的鸟鸣挽住了清晨，歌声张开翅膀拍击慵懒的血管，心潮开始泛起波浪，爱情渐渐接近一种高度。

美好的日子就这样，阳光般在我体内穿行。

广大的爱在天体中悄悄运行，我看见，你被青春点燃的脚步，聚积着岁月的光点，映亮静寂心头上的彩虹。

我已跟定这个日子，你将被这个日子长久伴随。

游离于话语之外的你，在花朵般的微笑中恬静而安慰。我以静心逶迤的姿势，绝不隐匿对幸福的信赖。

在空旷碧蓝的天空下，一个人牵着另一个人的手，是最美的风景。我们相握的目光，已成为生活强有力光芒的信使。

你我已是，深海里无拘无束的游鱼。

在我的呼应中，高天的星辰，正以它寂寞深深的花朵，向我们俯首致意。

我得到了一份，你无法给予的馈赠。

诗歌里面的泪，还能洗净多少人的心？

我紧靠着我的诗篇，并永远牵着你的手。

能像上帝一样思想，像大地一样爱的人是多么幸福！

爱的囚徒

让我的呼唤，向黑夜发出惊醒的号角，使千家万户哼着欢乐的序曲。

让我的热爱，从天空撒向海洋和大地，使每一个生命装满幸福的音符。

在我连绵不断的梦里，开满芬芳的鲜花，长满茂盛的庄稼，呼应鸟儿、绵羊、小草和人心的呼唤。

我的眼里充满欢欣的泪水。

我是一朵，长满翅膀飘飞在蓝天的祥云，我愿以坚硬的翅膀，驱散所有雾霾和尘沙。

我是海，我愿以我的巨浪，摧毁世间一切不幸，只让幸福跳跃在欢腾的浪尖。

我是血液，我愿我殷红的柔密的血，流淌进苦难者的脉管，消融他的苦痛，鲜亮他的生命，营造他的幸福。

我是绿野，我愿是所有善良的生灵栖息的家，让他们在绿色家园里无忧无虑劳作，无拘无束歌唱。

我是光芒，我愿跳跃在人们的额头，闪亮在大地的心上，晶莹在变化的时空。

我是思想，我是一个话语。请将我从世俗的大地上连根拔起，像宇宙的预言点燃人类的心灯。

将我的灵光，注入现在和未来的生命。

我是爱的囚徒，只愿在爱的气息里赞誉生命，在爱的天宇，祈祷爱的星辰永恒。

我要在我孤独的双手里，在我最深的思想里，为人们建造庄严的宫殿，让人自由而不孤单，醒着和梦着一样欢欣。

让这热切的呓语，通过每一个声音，传递给每一个生命。

让这雄健的梦想翅膀，在人类智慧的顶端自由搏击。

让这永恒的呼唤，穿过每一颗心灵，催生出鲜活的光芒。

让这狂放不羁的非凡灵魂，在天地间奏出，和谐雄浑的乐章。

用花瓣的目光看你

我看到你，闪烁的目光，星星迎向太阳的眼睛；看到你舞动的手指，抚摸空气中流动的风景。

看到你，明媚的身影漂泊在枝头，将我送入一场梦境。

那为爱情预设，勃勃生机的梦。

沉陷或延伸，是道路的方式；诞生或死亡，是生命的习惯。

爱或被爱是我的禀性。

我喜欢，在自身存在的幻想之眼里，营造爱的泉眼；在一个又一个梦境里，安排一场又一场可能。

我穿过低落的太阳，从激情涌流的海洋把你托起。我只想把你一分为二，只要你纯净的灵魂。

可亲爱的，为了你已张满的帆，我只用花瓣的目光，看着你的一双眼睛。

为了守护，像珠峰一样耸立的爱情，我只能把自己，打磨成阳光的镜子。

在看着自己时，眷恋你的手指，触摸你优美的声音。

你是我的种子

你是我的种子，我是你的心语；
你是雷电，是粉碎神学家的梦。
我是延续你绿色的根，梦的河流。

你是过去，我是现在。
若干年后，我已成为尘土，有一个人会替代我，以闪电的姿态，冲击腐朽的一切。

没有什么，会停止。
风向改变，洋流飘动；太阳沉落，大雾弥漫。
随思想漂流或飞升，是你的愿望，也是我的常态。

爱是我的翅膀和天空，也是你永远挥舞的旗帜。
我沿着星辰的轨道飞翔，你欢笑，大地无语。

喜欢你的样子

我喜欢你的样子，犹如时间一样。
你从远处，瞩望我；我的血脉触及到你的目光。
你的影子，已飞离，远去，如同山的背影，封堵了我的眼睛。

如同所有的美，充满了我的灵魂。
你从花朵的眼中，向我呈现；
犹如我梦中，飞过的天空和村庄。

在这明净，又忧郁的时光里，我喜欢，
你清晨的样子。时光一寸寸游走，
你一直站在那里，好像，从未到来，也不会离去。

你从河流的低诉里，听见我。
你让我，在你静默地流动里泅渡。
我的声音轻柔，如游丝，只有晨风听见，我与你的话语。

你一直在那，像天空，遥远而寂寞。
仿佛，你从未看见我；
我知道你，你是，我起飞时的眼神，我落地时的心跳。

现时，我把你每一次输送的风景，整合成你的样子。
聆听你，回想你一个影子时的幸福，
足够我永远年轻如星。

爱，即得拯救

生活在经济文明中步履匆匆，人们在利益潮水中贪欲漫漫。谁的信仰迷失？谁的灵魂破碎？

朋友，请慢些！让金色的心灵之光，柔和而温静地照耀你。

尽管一些情景和颜色都变了，但怎能改变，对幸福的决心和对未来的憧憬。

朋友，要小心！离开精神家园，你将丧失自身。

看，沙尘在天空弥漫；听，鸟儿在枝头哀怨。人啊，你非草木，岂能无情，你应当阻止那一切伤害。

当有一日雪不再纯，林不再深，谁会赋予你力量，创造另一个更适合自己的星球。

尊严的生命，不会任凭权欲的利爪，将他们的美德揉碎；闪亮的鸽子，怎能容忍残暴的鹰隼，将贫弱的鸟儿无端伤害。

有一万个声音在呐喊：我不甘沦为纯粹的肉体，不愿成为自然洋面上的浮萍，我要挽住清风与朗月，青山与绿水，我要与飞鸟、绵羊一道弹唱，高山流水。

有一个声音在高唤："爱即是灵魂的核心。"爱是人的本然之性，共通之性，是人之所以为人，之所以活着的基点和理由。

爱是最高文化，普遍美德，统一的理性和秩序。是自然的快乐和健康的实践。

爱是关怀与救赎，是诚意修身，自律担当。在任何关系中与每一个事物温和交往，相生相处。

维护自然与人类的和谐，消除不平等、贫困和战争。

爱是明德与至善，是天地万物为一体。是简单的生态哲学：极大限度地让其他的生物繁衍生息。

是精致的绿色理论：砍伐一株树，栽植万棵苗。

倾听吧，我的朋友：“爱，即得拯救。”

因着太阳，我们看到了夜与浩瀚宇宙，而我们永不会被阳光炙伤。

因着大地，我们看到了人与自然相依相偎，人必须顺应自然，敬畏自然。

因着拯救，我们懂得了爱的意义。

释迦牟尼默坐菩提树下，苦思因果自造，心物一体，以超度众生脱离尘世苦海；耶稣背负十字架，为了赎回人类的原罪，唤醒人性的自由博爱。

孔子周游列国，知其不可为而为之，以企求仁者爱人，天下大同；老子骑青牛去往荀简之田，留下五千精妙，以达人与自然万有归一。

人啊，你要找回自己，靠自己拯救自己，映见宇宙。

人啊，爱是你唯一的选择，依着爱的呼唤，燃烧起人与人，人与自然相亲相爱的火把！

让熊熊燃烧的火，烧灭空间的沙暴，烧掉人心上的腐草。

告 白

我依着你的目光，攀援幸福的阶梯；顺着你舞动的手指，描绘前世今生的圣殿。

沿着你的声音，娓娓诉说人间柔情。

听着窗外的雨声，渴望你，湿润的吻落满我每一片肌肤；望着天边的星光，期待你柔蜜的手指，深入我每一叶发根。

想着你，百合花般的笑容和倾泻的雨水，漫漫消融，我的风韵年华。

海水上升，天空低垂。想你啼血，念你盈泪。

经历了魂牵梦萦的游历，血泪相融的碰撞，真实与幻想的交汇，令我执着不变的是，对你岩石般影子的追随。

星转月移，光华冷暖，当风粉碎了幻想的翅膀，我拥有爱人安详的凝望与光洁的抚摸。

我们相依着自在、柔静、平和的日子。

每天的每一个时辰，都充满生命淡淡的爱的光晕，表达着日常悠远的幸福和天堂的概念。

被星辰呵护，我不再感到爱的悲怆，只知道，在世界的每一个角落，飘扬着明媚而悠远的情愫。

给 你

我，被爱孕育，被粮食、阳光和水制造的身体；
我充满幻想，被思想和爱情养活着的灵魂。
在你面前，我温软如羽毛；在潮流中泅渡，我坚硬似信仰。
被你捧在手心，我会容纳天下。

这一生不想错过与心灵的相遇。
错过了一次相识，就成为永远的伤。

我是如此狂妄，让大海的血液淹没阴暗；
我是如此柔情，只用心灵的目光与你对话。
太阳以第一缕光芒，唤醒黎明，我点亮所有星辰，映照你，
直至用全心全意的爱，杀死自己。

是谁在敲打梦的琴弦，将我高举在经幡之上；
是谁在桃园将我等待，已为我整理好芬芳的床。

我生来是一片光，只属于天空和大地。
自始至终，以四季的青春，呈现过去和未来的激情。
被你拾起，我要把世界，塑造成你的样子；
被你珍藏，我会把你，塑造成永远的风景。

味 道

秋天在窗外继续，成千上万片叶子，在风中摇曳。坚持，我们要永远留住生命。

有一些叶片不情愿坠落，却被一股股寒风撞伤且吹散，飘落在海里，搅起波纹，随风归为宁静。

有一片叶子，为能成为火苗，做着准备。

这个世界，正在消亡着美丽的事物。

许多人擦燃火柴，燃烧着欲望，破碎的美聚成堆。而你在我的护佑里，成为不被风伤害的风景。

闪烁的灯光、放肆的音乐，无法影响我。 坐在这个城市的深处，我的宁静中，只有你和满屋的书香。

我生来爱这个世界，我从不想放弃，热爱每一个美好事物的愿望。

我不会，向我最爱的人说出我爱。将山一样的爱，变成能流动的河流是艰难的。

我常常将目光流成一条江，冲洗且淹没同流合污的人。对所爱的人，我只想保持，青草和水仙的味道。

在街上行走，灯光里投下你的影子，到处都是你的笑。这样的夜晚，委婉而柔美。

一个人需要帮助时，就会有梦。我抱着你的微笑而眠。季节，并非我所关心的事物，冬天与我无关。

幽深的夜晚，记忆正在搭成，一道道通往天堂的阶梯。

与 你

被簇拥的人，在时间之中，有人给你成长，有人给你权利。在空间之中，我只想给你整个世界。

如果疲困，就想一想无言的叶子；如果抑郁，就看一看脚下的小草；如果怕黑，就望一望云背后的星星。

你要相信，唯有爱，是你唯一的信赖。

这一生，宽大的屋舍，不是我们的必须。像树一样呼吸，像阳光一样舒放，才是我们的应许。

思想是最好的房子，让梦想做顶，激情为墙，爱情为门窗。不图回报的劳作，是充足的营养。

奔波的人，如果你贫困，那就让我走近你。我的信仰坚定，我的感情丰沛，我有满足你的语言和粮食。

显赫的人，如果你忧郁，那就让我靠近你。我的思想深邃，我的爱心泛滥，我有营养你，灵魂的血液和乳汁。

空虚的人，如果你畏惧，那就让我抚慰你。我的心灵耀日，我的骨头盘古，我有使你飞翔的羽翼和天空。

哦，丢失了自己的人，让我帮你找回你自己。这一生，我拯救不了人类，足可营养成全你。

我还愿意，与你纯洁，与你高尚，与你智慧，与你美好！

与你临风而立，面世而歌！

做我的自己

仅仅是一瞬，是刹那，也是永恒，是光，是电，是迅急的亮。

岁月在流失，时光在转换，这光亮是生命的本身，是不死的感觉，是不老的情境，是最深的意义。

将这意义毫不减损地供奉于你，放在你手心，照亮你眼前的路，印在你的心里，成为神圣的界碑。

你是光，六月早晨最温柔的一缕。

你是花，飘落与开放永远散发的香气。

将你的梦交与我，给我更强力的电火，足以释解这世界的疑虑，放大它的美好。

永远保有真诚与希望，并始终不渝。永远将沸腾的热爱给予，所有的人心。

在拥抱万有中，紧握事物的美好。

在这鲜红的、涌动的、上升的、流淌的热血里，盛放你的光辉。

做我的爱人吧，为历史注入一段绚烂的神话。回到爱本身，没有欲求，没有期望，只是它所能发出的神奇的光芒。

做我语言的中心，为永久的文化，印上一段最温馨的意义，注入生命自由轮转的功力。

做我幻想的轴，不止在梦里，在宇宙的一隅，温暖的居所。回到属于我们的星座。

做我的自己，直到光已无法抵达，语言已无法修饰。

当梦想已成为我幸福的家，而你是幸福最好的诠释。

当时光此刻已成永恒，那就将青春塑成永远的雕像。

直到被我塑造的你，清晰而完美；直到我的心，不再锻造任何神。

如果目光已成为阳光，那就让玫瑰永远随晨曦开放。

祝 福

清晨，让这束带着露珠的目光，渗透你舒展的额头，使你湖蓝的神情，樱桃一样的笑脸，在蔚蓝的天空摇曳。

凝望你，已成为我隐秘的习惯。

让你的眸子，不断浮现少年的时光；让你背靠的山峦，更加挺拔，你脚下的草地更加青绿。

幻想你，是我深情的默许。

无需修饰的内心，像千年的柏树，历经无数风雨。让你年轻柔和的双手，抚摸沧桑的花絮。

祝福你，我是时光的宠儿！

你的希望是滋润的禾，在岁月的意志里茁长。让自然纯洁的馈赠，拥抱你的生活，使你的田园盛满日月的辉光。

对于你，我只是一束光。

对于我，你却是一片森林。

那就让我，以风和云的方式，游弋在你的周围，切近你的幸福。

醉在你的风姿里，漂在你的梦想里。跳动在你，轻吟浅唱的音符里。

愿你，在广阔的绿地里，自由呼吸；在百合花下，静静地吟诵；在玫瑰花丛中，激情舞蹈。

在兰花的呵护下，永远柔和、明朗、清新。

更愿，将我自己，打造成一座天堂的机场，任你自由飞落。

与美那样成长

气形成了你，水形成了我。

你离我很近，犹如我自己。

你是光，我是影，分不清，你我之间的距离。

对你的爱是空气，养着你，与我一同呼吸，与美那样成长。

海移动一寸，你闪烁了一下腰身，我的爱成为土地。

我用所有时光建造山岳，培植森林；用全世界的景色营养城市。

用一生将你安顿在空中楼阁，与天那样仰望。

一颗流星坠落，又有许多生命诞生。

挽歌永远不会到来。

可以测量地平线，没有什么能够挪动，你我的位置。

假如你要游走，我会以成就我的元素，将你由太阳、河流和整个天空组成。

没有了自己

我一直想进入你幽深的目光，随着你的影子，数你匆匆脚步。

我想靠在你身边，轻如你呼吸的空气，而你不知道我的存在。

你抚摸花朵的手，犹如我游丝的幻想；
你游走在天空的目光，仿佛在抚平我的忧伤。
我想在我的话语里，打开你的门扉；
在你的眼帘，寻找信任的密码。
你还在我额头，涂写梦幻的王国；
在我脚下，延伸青春的野火。

我只能是，供你享用的空气。在你的空间，充斥那么一会。

我放开自己白天的样子睡去，沉静在你欢乐的手心里。

你的脸渐渐成了墨绿的海，我是一条赤裸的鱼，没有了身体的感觉。

没有了我自己。

让爱回到原点

这个时代太迅急，它的脚步在空中，在奔跑，在飞，急速地飞。

飞过了寂寞的山林，飞离了晴朗的天空；

飞过了孤独的心灵。

它是没有生命的脚。所过之处，风喑哑，鸟卸去翱翔的翅膀。

我望着星空，用听力很强的脚，在大地上行走。

深深浅浅的脚印，装满花瓣和泪珠。

谁能挽住自然的手，不让冰川融化，不叫海平面上升；谁能缚住贪婪的欲望，不让小草哭泣，不叫硝烟四起。

谁能留住满地庄稼，叫鸟儿从早唱到晚，叫花儿从春芬芳到冬。

让爱回到原点，叫河流一路高歌一路抒写。

我想收紧没有注脚的脚步，给它注入停顿的音符。

想让心灵说话。心灵的河流里没有泥沙，心灵的飞翔是没有伤害的飞翔。

回到诗

为了躲开，已被变成荆棘的玫瑰；为了回避，闻不到麦香的面包。

回到梦里，回到最初的愿望。

为了拯救，硝烟中无辜的孩子，为了抚慰痛泣的母亲。让树苗在丰满的土地里长大，让牛羊在茂盛的园地奔跑。

为了热爱时间，你要脱离不是原味的关系；你要回避风暴的漩涡。

回到诗，回到心灵的家。

为了热爱生命，你要将时空中的杂质剔除；你要给自由建造智慧的庙宇。

扔掉与空气、粮食和水无关的事物，扔掉被肢解的真理。

回到自己，与爱对话。

让语言成为语言，花朵成为花朵，清晨成为清晨；

让万物回到本原，持续他的美好。

燃烧的爱

静默的日子，空气是张开的翅膀。那从天堂飞到我身边的孤独，让心变得更高。

低落的舞台上，活跃着我不认识的身影，谁在报幕，又是谁在唱着我不懂的歌。

白天最后的光芒为我停留，我不会走向黑影撞撞的夜幕。

昨日星辰隐去，古典的色彩死寂，我的额安静如灯火，我的心在太阳紧闭的手掌里静默无语。

我多么想，我有着，天空般不会受伤的眼睛；多么渴望，星辰有限的光芒，驻满世界的每一块颅骨。

每一个挥舞的手心，纹络像透明的泾河；每一个前行的脚下，没有沉陷的岔路。

祝福的空气里，我将吞掉黑色的火焰，抹去脆弱的忧伤，熔化星星的寂寞。

我要在耕作的手指里，刻度温和的气候；在岁月的中心，集中众多纯氧的灵魂。

在河流经过的地方，不朽的思想盛放如芳香的花朵。

燃烧的爱，诞生如每个明净的清晨。

与思想一样光辉

薄薄的阳光，清新的空气，穿过整个室内，穿透我的身体。

心灵似透明的玻璃杯盛满祝福，装满感恩。

一些微小的生命活跃、自然、清新。

每一个日子，都是这么美好。细密的爱托举着悠绿的生命，充溢着细致的、零碎的、宽广的每一个瞬间。

牵连着这些，经过的、现时的、明日的亮堂心情。一切不曾逝去，没有过去的忧伤，没有未来的悲愁。

与热爱有关的一切，拥挤着到来。

无论雨雪丽日，阳光一直在心里照耀，在室内温暖，在时间里涌流。

无论春夏冰封，花在黄昏里绽放，鹿在密林里漫游，人在流水旁吟诵。

爱，唯有爱。

爱每一个瞬息的涓流与过往，爱每一段路上的坎坷与风景。

每一天都是爱的舒展。阳光、雨水、欢乐和笑容弥漫着日子的芬芳。

穿着轻薄衣衫，守着亲切的文字，依着永不老去的青春与激情。

低语着、 幸福着、 吟唱着、 美好着。

被阳光呵护，与思想一样光辉。

给我你灵魂的味道

紧握着幸福，相守着时光，仍在想望，想望在你额头抒写一首首柔美的诗。

让它开成花朵，连绵着耸立的青山，芳菲的花园。

想望无拘无束的浪漫情节，在你金色的笑容间，你闪烁的指缝里流放；

想象爱情像原始森林，丰满又神秘。

给我你的眼，你的土地，你的双手。

迎接我大地的光芒，我完整的世界。

如同阳光穿过夜的眼，给我你灵魂的味道；

你原始的低语，你温柔的音质；

我未曾触碰的，你的时光。

由燃烧的孤独的指引，展开柔软的翅膀，飞向诗歌的方向。

在没有间隙的火焰中，燃尽冷寂、失望与阴暗有关的一切，只留丰富、纯洁、宽广的道路与晴空。

让这一切，成为生活的景象，时光的存续，意义的呈现。

你是我生命的整个季节

花是眼中的一道风景，你是我生命的整个季节。

万物都会暗淡，顺着你的目光，阴暗远离着我。

遇见你只是一瞬，想象将持续岁月。

这个世界，会忘记我的存在，而我拥有你，成为幸福的享有者，欢乐的序曲。

我热恋梦，也喜欢偶然。

一场光明的偶遇，可以延长无数明媚的情节，行走或沉思，你的样子在时间的中央。

岁月可以逝去，我让你，在我的爱情里，成为光芒和火焰。

将你的名字刻在心碑上，让你的火焰一直燃烧。

这是星辰的认定。

你是万物的影子，你是大地的门锁；

是我语言的树。

所有的叶子慢慢飘落，唯有你，不会进入时间的洪荒。

即使成为尘埃，也会与更伟大的爱情相遇。

愿你默默守望

我是光，只愿在你心上照耀；

我是树，只愿在你园中葱绿；

我是风景，只愿在你心中停留；我是银河的星，只愿你默默守望。

我愿以柔柔的光辉，为你解除疲惫和寂寞；

在青草地里呓语，是为你谱灵魂乐曲。

觉得人在一方，心在天上。

我只愿将你，安放在我的村庄，用我的血液净化你，用我的诗篇营养你。

在你生命过往的每一个时辰，用我闪烁在太阳之上的目光，温暖你。

在我深不见底的笑容里，美好你。

我是你的一个眼神

你向我微笑时，世界越来越大；
你背我而去时，所有的门窗关闭。

黑夜开始来临，我只好在梦中见你，触摸你的笑，握着你的语言，说一些星星能听懂的话。

大地，由你的犁耙耕耘；天空，任你翻腾；
白天，由你拉长；黑夜，由你点亮。
你一路高歌，洒下，我能享用一生的阳光；
你挥洒雨水，留下，够我畅饮一世的清露。

我加快步伐追赶你，你还是我的渴望；
我聚拢想象靠近你，距离仍是路程。
世界在我面前扩大，我成为影子，被你一点点吞噬；
你掌握我，我成为你的一个眼神。

巨大的爱锁住了我。
这一生，我只能随你的眼帘，伸长或缩小；
当风暴来临，我再一次陷入，你的目光织成的网。
非凡的人生，如此幸福地将我与你融汇。

我深入风

时间的嘴唇，吮吸着我的青春；
爱情跌落，又溅起浪花。
诗歌埋首于词语的河流；
天堂的风又将我推至，无边想象的高空。

花朵在星光的背上入眠。
我深入风的血液，以风的柔姿，在时光的原野，沉思、行走、飞奔。
风将时间，定格在记忆的天空；
爱将我，定格在星辰的眼中。

用一只手怜悯另一只手

这一群乌鸦的帮凶，丢弃了天然的信物，信仰没有灵魂的石头，忘记了回家的路。

这一群尘埃的奴仆，在黑色的血管里，流淌带病毒的血。用扭曲的意志，制造残暴的旗帜。

这怪异的群体，借臆造的神，向灰暗的方向疾奔。

上帝被肢解和放逐，武器成为刽子手的天空。

母亲伤痛的泪水飞天，孩子的伤口在心上结痂。

这不是文明的冲突，这是人性的碎裂。

人啊，请不要，将自由托付于没有眼睛的手，他不能给你方向和道路，他只能给你一片沼泽。

神的花园，早被鹰隼的利爪拐走。你手中的圣杯倒立，它已丧失，洗涤灵魂的能力。

你的家，塌陷在荒漠的沙砾中，你的愿望被硝烟和哀怨包裹。

可怜的人，你将去往何处，哪里才是你想要的家园。

没有其他选择，只有爱的花园，向你开放。

人啊，你要将星辰，宽恕的光芒装进眼里；你要反刍胸腔的积怨，咀嚼孩子的微笑。

用希望的火焰，焚烧复仇的血浆；

用干净的、原始的细胞铸造，红色的器官和血液。

人啊，你必须相信，唤回你原本清澄的灵魂，是唯一的出路。用一只手怜悯另一只手，一颗心靠近另一颗心，一个生命照临另一个生命。

人啊，你要用你的眼睛点燃黎明，回到最初翠绿的清晨，回到鸽子本有的庄园。

没有其他的妙药，唯有爱，无裂缝的爱！

让善回归心灵。把爱的花园，搬回你的村庄。

为了你和你的家，你必须学会与鸟对话，与河流树木相亲相偎。

必须在你的心头开满百合花，让它的味道向周围传送。

在你的肩头漫游

置一段浪漫的玫瑰情节，枕一缕你的微笑而眠。
我的梦乡涨满相思的浪潮，所有的快乐花絮般飞扬。
穿过繁星，跨过时间，映照你的匆匆步履，
彩虹般灿烂的眉额。
想你款款面对，听我轻言低诉。

我就是你前世的新娘，今生的爱人，
为你荡尽一生的苦痛，抛却尘世的忧愁。

我以半生的柔媚明眸，飞出万般风情，缠绕你；
请你读懂，我沉埋了千年的心事。
现时，我依旧未曾看破红尘；
依旧幻想漫游在，你的肩头。

日子归去，我舞动着纤纤情思。
你是静默的白杨；
我仍是，你脚下的一枝叶脉。

比星光的眼还深

这丝丝缕缕，柔密无绪，一丝不苟；
比蚕絮坚韧的梦，
困住的是自己。

这幽幽漫漫，从目光到灵魂，深不见底；
浅不露面的情思，
穿透你脚下的土地。

惊异于，这丝缕，比太阳的手绵长；
这幽深，比星光的眼还深。

我感到你了

默默地期待，灵魂相拥的日子。

仰望这一天，心一阵比一阵揪疼。

是谁，阻隔了通向你碧绿的道路，难以，将炽热的泪珠迸流。

只在内心里，拼命狂奔。

这一天，为你准备了玻璃的房子，芳醇的酒杯里，斟满了半生的柔情。

想你饮用时，我的马蹄莲和君子兰，都展开了绚烂的笑容。

阳光被遮蔽。

经历了一千次的呼唤，你还在沙海的浅滩静静沉睡。

既然渡不到尽头，那就让梦消遁。

可谁能，以恒星的姿态进入我的庙宇，让目光不再漫漫寻找，让梦陨落得一干二净。

只有小梦不断，大梦不醒，望见天涯，望不见守候的尽头。

飞鸟惊落云翳，在星辰的光圈里，我感到你了。

听见，你在用神的名字谱成的歌，轻吟浅唱。

我是爱的真理

我生有鸟儿的思想，与急速的时光相拥。
我无法驾驭狂奔的激情，对所有之爱的热爱。

我有星光之眼，与云背后的阳光论语，与生长的树林交流。我牵住欲望的双眼，穿透人心的河流。

我是爱的真理，我是死亡最美的创造。
时光飞逝，我同更亮的光一同醒来，一同睡去。

在你的额头悄悄融化

我想成为河流，不息的泉水，悄悄在你的房前屋后，关照你的晨起，洗濯你的寂寞。

盘绕在，你每天经过的路旁。听着你的歌吟，数着你的呼吸，收藏你的脚步。

我想成为，你眼睛里四季常青的银杉叶。看着你，在天空的中央，和星辰一同相映相辉。

我想成为阳光，被你吸收，轻轻地温暖你爱抚你，触摸你的每一寸肌肤，穿透你的每一缕眼神。

被你拥抱，照耀你纯净的风暴，智慧的玄思。

我想成为空气，不时的，无形的围绕着你的目光，成为你向上移动的风景。

我想成为你需要的一切，鲜花、意志、粮食。

成为滋养你的每一滴水，安抚你的每一缕光，丰满你的每个白天和黑夜。

在所有中，我不知不觉成为雪花，轻轻地落在，你的手心里，你的荣发里。

轻轻地，在你的额头悄悄融化。

幸福将我覆盖

我亲昵春风细雨，感觉你的目光，凝注在我的眼里。爱布满了整个天空。

我仰望悠远星际，仿佛你的话语，流落在我的心里。美覆盖了整个大地。

我数着悠悠寸心，感觉你的思想，活在我的文字里。我已走过了几个世纪。

当你的名字，润格在我的血液里，我的花朵，鼓动起千万棵白桦，高高地走在，为皇冠奔命的人群之上。

当我被这些，正在长起来的青草，和树林热烈亲吻，我流动、歌唱、跳跃、跌宕。

我的世界，长满鸟的翅膀，像一座花城，幸福地将我覆盖。

融化于完满

我已与人融合，融化于爱人的眼睛、手心、臂膀和血液。

我已与自然融合，融合于飞鸟的翅膀，天空的眼泪，大地的花朵，太阳的笑语。

我已与爱融合，融化于思想，融化于初心，融化于山峦和海洋。

我已与大气融合，融化于自足和完满。

我已融化于世界的骨血和记忆。

像流水一样，像鸟语一样，像浪花一样，轻柔，又无影无踪。

无影无踪于，物质的理性。

当我离去

当我离去，只对未来的灵魂低语；

当我归去，与海浪、叶片、阳光的微粒亲昵。

请不要有泪，也不要用尘土。

我只想携无畏的灵魂，清水一样的内心，不带一缕草，一滴水，一点点泥土和火焰。

活着，我已经浪费了太多的文字、空气和语言，浪费了最低限度的粮食和颜色。

逝去，我必须要更加干净。

世俗的冲撞与我无关，一张白布都是多余。

我不曾伤害过，一片阳光，一个眼神；

心中也无一点伤痕。

世界对我的感觉微小，我只会给我热爱的人，远离我不爱我的人，还有我亲爱的牛羊、树林和土地有点记忆。

此刻，我只想使我已写出的散发金光，渗出鲜血；

此刻，我只想对我享用过的一切，空气和水说声：对不起。

此刻，幸福的泪水已飞出屋檐，濡湿整个天空。

不想要太多

想栖息于一处，空旷辽阔的地方，在那里沉思、写诗、睡觉，与飞鸟对话，和白云低语，听花儿诉说。

想望一道寂静谷，与山一样高，与水一样长，情人的眼眸澄澈如婴儿，朋友的肩膀像山间的岩石，屹立坚硬。

河流飘动着和谐的音符，像我的许多心语。

想望人群很多，野兽很多的无垠绿原。

在那，与狼共舞，与兔赛跑，与羚羊拂弄青草，与人们不再谈论哲学。

我不想要太多，只想将自己的意愿，种在众人的土地里，长出星空一样的思想。

只愿每个人，像清晨一样清新平和。

无论道路有多远，有粮食和阳光就很幸福。

有爱人的注望就很满足。

有自由，就像鸟儿一样欢欣。

为了梦而梦

你纯洁的瞳仁推倒了墙，我一眼看到了万物的景色，闻到了花香，听到了鸟儿的欢唱。

我的渴望，毫无拘束地得到满足。

梦是真实的驿所，广阔的原野，有你轻盈的身姿，款款的笑。

幻想着你，不是为了爱情；

是为了让梦，没有阻碍的流动。

白日，我不愿敞开梦中的你，我怕你的影子蒸发了阳光；

怕你天空的姿态，在风中碎裂。

怕守着自己，又忘记自己。

守候你，不是为了拥有你，只是为了梦而梦。

睡去，躺在你的微笑里，守一份蓝色宁静。

我如此热恋于梦，以至这梦，成为深不可测的海。

在这深海里，沉陷于，你不朽的钻石之眼。

我的天空

明净又温暖的冬天，我被忧郁的血管主宰。

一阵清风吹过，许多大人和孩子，兴高采烈地步入我铺展的绿野。在一遍又一遍呼吸的幸福里，流动着春天的歌。

鸟雀在我宽阔的玉米地里啄食，牛羊踏着清晰的脚步漫游，一片生机荡漾。

我用思想深挖的道路，印满阳光和你的微笑。

一个声音高过季节。我平静地等待，整个世界长满树叶和花朵的眼睛。

时辰恰好，在我的天空下，万物没有差别地仰天大笑。

你以太阳炙烤我

你以太阳的炽热炙烤我，我灵魂深潜于太平洋，也避不过你温柔的激射。

在我所有的意识里，有你帝王般的色彩与光景。你国度里永恒斑驳的光，使我的目光无处躲藏。

我用全世界最美的词汇演绎你的升沉与幻变。伴随你如星的呼吸，只有我的灵魂才能听见你的话语。

我梦中的眼才能看到你的微笑。

你深沉的呼唤深邃过银河的光，没有谁的声音盖过你的声响。

摧毁山岳的飓风也撼动不了你注视着的我的幸福。我的心绪如蝴蝶在你的额头飞来飞去。

寒冷的季节，阳光满地。我头顶的云是你的馈赠，也是我灵魂的房子。

此刻我像鸽子的翅膀，静静地栖息在屋檐上，平静而幸福。

瓶 子

我把对你的箴言装在银色的瓶子里，瓶像一个星球。

我一天天地往里装着，你还没有接收，它已盛满。

时间仓促，我担心，还有那么多未说出的话，在没有装进前，它会猛然爆破。

时光未尽，话快说完。

这一天，瓶子像莲花盛开。所有的话如飞溅的水珠，落到全世界人的耳朵里。

我再一次被巨大的幸福包裹。

世界在我的额际安详

天空的眼泪荡漾着围堵我，我被深深地打动。

我的手指继续舞蹈白羽，我的目光如蓝色的帷幕在空间飘扬。

我一再绕开世俗的光荣，走过被钱币枷锁的人群。

星们的盛宴一场接着一场，而鸟群渐渐稀落。

我的世界像一棵剥了又剥的桦树，那样地站着，挺拔清香。

在我目光之上的星球，有我万古长存的海市蜃楼。

思想的风在人们的心上分配权力，并抽打着僵硬的头骨，调整混乱的村庄。

世界在我的额际安详。

未来银光闪烁，看你的面容变得辉煌。

你在前方闪烁

紫红的菊，是暮色中最后的风景；
我凋谢了，也请你不要忘却粉嫩的荷。
尘埃渐渐归去。时光避开，最后一个头戴金冠的人。
依着不老的青春，又一次走向，
下个世纪隐秘的内心。

我已享有群山的风光。你在不在，我都在燃放爱的焰火。
时间染绿了所有峰岚。千万种鸟儿，
拥挤在交叉路口。
你在前方闪烁，大路顺着我的脚印延伸；
直到时光消逝。

在爱的灰烬中复活

热爱的空间，是生命永久的居留地；我是，抒写你思想的精灵。

一些时间过去，一些思想诞生。

这世界仍属于我们。

向着心灵的方向，情不自禁地想你。

你是存在的不变的律动。

即使山河倾覆，树木深埋，星辰不再言语；即使时光被焚烧，我们不再看见彼此。

余下的灰烬，是为了高举新生；

为了更完美的相遇。

我生来就是如此，与时间一样。

为了继续过去和将来的爱；为了新生的物种，能诗意地安居，在爱的燃烧中死去。

又在爱的灰烬中复活。

停顿在芳香的天空

你翩然而至，像我梦里去过的地方，明媚而遥远。

时间在春光中走动，犹如你的眼睛，只轻轻一瞥，便打开了我的心绪。

在你深深的目光里，有着我不可触及的景象。

我紧握住自己的秘密，只将生活之外，幻象的我，呈现于你。

你缕缕目光如柔蜜十指，一瓣瓣将我的装饰剥离。

你的浅笑，是晨光中流动的花语，成为我提升灵魂的云梯。

我哲学的激情更加热烈，将死去活来的爱情，翻转得不露声色。

守着对你的想象，如守着爱情荣衰的技艺。

你在风光中一寸寸游走，我不会闭上蓝色的眼睛。

即使大地的光焰熄灭，我会停顿在，芳香温静的天空。

你的宿命

你手握的玫瑰，被阳光拥抱，
被大地的灵魂抚爱。
它芳菲的生命，由血液培育，由激情养活，
在风雨中绽放。

它的香气，是你的养分；
它的颜色，是你的光亮。
这一生，被玫瑰热爱，是你的夙愿；
守护玫瑰，是你的宿命。

所有事物向我低首

一场雨冲刷掉阴霾、大地的尘俗。
我已变得和天一样高大，和泉水一样干净。
除了爱你，我没有别的念想。

你绝对的热爱，芳香四溢；
你绝对的变化，越不过我的遐想。
我孤独的庙宇，比古罗马的宫殿雄伟，比古希腊的神话久远。
我在创造，容纳你和美好你的殿堂。

我无尽地探索和了解你，为了不再有
生命的忧患，未知的恐惧；
为了不再看到，与美无关的一切。
除了对你的怀想，我没有别的愿望。

我生命的轨道与方向由你指定。你已占据了我的世界，
拥有我的日日夜夜。
我国度里的图像和色彩，也由你描画。你弃我而去，
我便失去思维的触须。我离开你，
会在一夜之间与这生活一起消失。

此刻，你是我的火，点燃荡漾在眼睛里的激情。

此刻，你是我的光，吸收大美的光。

此刻，我成为君主，所有事物向我低首。

顺从火把

我被风释放，又被梦攥紧；
我亲吻大地，又高扬在云之上。
大地收紧激流，天空锁住翅膀。
风宁静，梦鲜活，我飞翔的姿势不会坠落。

生我于世，非凡的爱，将自由的火把举得更高。
天边的云霞，弥漫的大雾，掩不住这纯粹、激烈的火。
我不能，只服从于梦。我要顺从火把；
我要让永不熄灭的火，把我举起，把我燃烧。

我要让我炽热的浆液，浸透满世界的冷骨；
让鲜红的血汁，在他们的心头闪亮。

以青草的气息想你

不写下这一切，我怕几年之后，再趟过一些河流，跨过一些山峰，我成为一撮灰。

不再有时间，也不再这样想你。

在山的这头凝望你，看见的只是你的影子。远离你的眼睛，我是一朵无根的闲云。

那里的星光，是否会将你的消息，一同传送给我；

让天地间多一分明灿，多一些温暖。

好长时间了，我在剔除身体里，多余的脂肪，只留必需的骨头、血液和气质。

将空间留给你的目光，将时间留给你的手；

将我的风景，留给你愿意接受的样子。

我在一天天提纯自己；

我在打碎一切障碍，毫无顾忌地想你。

从这个山头到那条河流，等你太阳的眼，收留我的泪水；等你大地的灵魂，清空我的无奈。

雨落花飞，我以青草柔弱的气息，想你。

月转星移，我以夜色淡淡的香气，等你。

最妙的主意

天生长着鱼的大脑，装着树的思维，学不会大家簇拥的，高高弘扬的那种人。

天生是花朵上的露珠，顺从不了大树的目光，做不到响应最低的欲望，与叽叽喳喳的鸟雀合群。

天生学不会，说鹦鹉的话，唱乌鸦的歌，患大家患的病痛，谈与金钱有关的爱情。

一根小草，在丛林中被踩疼，也不会让心稍微龌龊一下，做一件，叫树木感到羞耻的事情。

在短短的一生中，我一直在做水一样的事情，偶尔曲折一下，拒绝携带泥沙，不会在大海沉没前，失去幸福的浪花。

即使被抽空，仍坚守着青竹的身段，守着天空一样的心情。

我最妙的主意，全是一流的，要像一场又一场飓风，吹落人心上阴暗的绒线，叫心灵没有一丝秽土。

要像一次又一次洪流，将全世界各处文明花朵上的尘埃，一遍又一遍清洗，直至每一个人的花园里，花朵以同样的姿容绚丽芬芳。

我自豪地承认，我的心形，与大地和星辰的一样。但愿，未来把我心灵的庄园，看作对时代的裁决。

我坐在驶向未知的船上，艰难地预测新大陆的形象，是光明的多，还是黑暗的多。

黑暗是内部的还是外部的。

让一切像心的样子

你初来时，像红酒和蜜，我还未接近，就闻到味道，得到滋润。

如今你是阳光的手，像我热爱的话语。

遇见你的眼，像黑夜的火焰，烧灼我幽远的目光。

触碰你的声音，像古老的琴弦，拨动我浪漫的激情。

我不想靠近，也不愿远离。

我看到，你从远处凝望我，你的目光是唯一的光线。

我知道，绽放的花朵，是为着你；摇曳的树枝，也是为着你。

我只愿，深情地跌入，你的目光织成的网眼。希望你接受，我爱的深渊， 我思想的深渊。

暂让你的光芒，在银色的夜空漫延开来，锁住我的孤独，拿去我的想象。

让你瀑布的目光，抚摸我的头发，我的眉额。

在梦的光明空间，我的柔情，如天空的泪雨倾泻而下，漫过夜空，浸湿了脚下的土地。

为了爱情与夜色一样朦胧清白，我要解除梦的限制。

为了心灵与心灵无限靠近，我要向星辰邀愿，让一切像心的样子。

请握住我的手

上帝在沙上写书，沙已被风卷走，你还在原地转圈。

你被太阳冷落，被走不出幽暗夜色的月亮拥抱。

我在光明的绿色原野，一遍又一遍呼喊你。

你缓慢地穿过，没有光芒的灰暗丛林，在一片荒漠长久徘徊，不肯走进我指向的绿野。

时光温静地抚摸你冷寂的额头，你守着篱笆墙内的心，看着水影中倒立的树，静静地等着枯萎。

想想吧，你已在无际的荒野彷徨得太久。你要有自己的家，做自己的主人。

请看着我的眼睛，让我的目光引导你，走向鲜花盛开的地方。

请握住，我伸向你的手，我要把你带到自己的家。

请相信，我会叫你的眼睛，像星星样闪亮；让你的生活，像槐花飘香。

我爱你

你是宇宙播撒的，从大地每个缝隙升起的光。

是亘古以来不朽的光明，是映照事物原理、生命真相的光。

从我学会爱，懂得生命的奥秘，了解思想的真义，你就在我的目光里，指尖里，手掌中。

我生命每一刻能呼吸的时光里。

你是我，思想的花朵，爱人的眼睛，灵魂的塑像。

是我一切爱的总和，我醉心于美的源由。

你叫我认识真实的自己，看到微妙事物的伟大和人的渺小，懂得人类的命运，在膨胀的宇宙中只是瞬间的孤独。

生命已来过了三十五亿年，五百八十亿人已从大地上经过，从河流上消失，留下的只是思想，还有我们所运用的知识。

我是如此卑微，只有现在，而没有来生。

为了抛却一切的虚幻，焚毁光明与真理的反面；

为了向善的不朽意志，我爱你。

我爱你，是为了知道世界初始的意图；

解开宇宙尽头的秘密，留住史诗里的光芒。

我爱你，是为了拯救，像河流一样逐渐干涸的心灵，给黑暗的徒行者，传送明亮的消息；

为了给期待绽放的花蕾输送，所需要的阳光和氧气；

为了饥渴的母亲和孩子，能吃上麦香的面包，喝上清洁的泉水。

为了这大地更加深厚丰富，万物充满无限生机；

为了留住温馨、清澄的往日，挽住和美、宁静的今天，遇见未曾遇见的幸福和沉醉。

我要好好地爱你。

为了守住，这一片晴朗的天空，这清纯辽阔的大地；

为了更自由地游走古今，驰骋世界，阅知无数圣贤，将你的智慧与美好如数呈现与你。

我要不惜一切地爱你。

我爱你，为了今天落花随风去，明天花朵更鲜艳；

我爱你，为了今日风景随星散，明日风光更明灿；

我爱你，为了所知与未知，为了我所认识和不认识的男人和女人。

为了所有生命平和栖息于大地。

我爱你，是为了更美好地爱你。

在天空，我引导自己，也引导别人。在路上，许多人与我行走的方向偏离。

此刻，在想要人人都爱你的希望里，我的伤痛比梦还深。

只能将思想交与云，将梦做成心的样子。

精妙的夜色里，我幻想着，人总有一天，会向我指引的方向急驶。

今 天

今天，我看见你充满生机，看到了鸟语花香。

今天，你在一点点剥离虚无的华彩，穿上真理的衣裳。

今天，在我五十一岁的头顶上，听到了你的天籁之音。

从始至今，看了你几个世纪的华章，从阅读到批判，从寻找到述写。

今天，发现了你最美的峰峦。

如今你倾倒而下，真切地来到我身边。

你就是我，寻找的万物聚焦的光点。

为了你的光芒四射，我要长久的永远的靠近你，与你亲切交谈。

为了你的芳香四溢，我要深深地义无反顾地爱你，像神一样一遍遍向你提出我的意愿。

我要邀请人们的灵魂，一起附身于你悠然明净的眼神。

我要融入你，成为你看不见的光和空气。

如果能成为你手心里的一滴水，我会是覆盖一切的雪。

他不曾离开

我曾顺着时间的河流寻找他，在时光的眼睛里搜寻他。他应有和我一样的目光，一样的手。

有我歌声里的音律。

我以亘古以来，抚摸阳光的手抒写他，在纷繁流动的思绪里弘扬他。

他应有我的爱，我的思绪；

我如风的姿势。

海已不是过去的海，山已不是原来的山，好多人已走得很远。

光芒在继续，爱在继续。

猛回头，跳跃的浪花遇见大山的背影，他就在我身边。

他不曾离开，从未远去。

一直以来，他澄澈的目光映照着温暖、干净、朴素的日子。他温静的手，培植着生活光滑的幸福；

抚慰着我激越的手指，梦幻的额。

他一直用，从生活的海里捞起，又经爱的泉眼里淘洗的嗓音，向我唱着清纯的歌。

他就是我寻找了千年的爱人，有我希望的一切。

我要将我的忧欢藏身于，他无始无终无间关照的眼底。

我要在他散发的气味里，荡漾我的青春。

我要和他一同爱抚，未来消息里甜美的时光。

你不会孤单

秋天不经意将它的光移到窗前，落在花蕊上，你从光影中触摸到亲切的问候。

周围仍充满绿色，你从幽深的声音中，听到万物向上的寄语。

一些颜色渐渐淡去，金色的光芒开始漫过河流，越过群山，穿过森林，停在草尖。

在一片绿草的致意中，在细雨的声声问候里，你不老的幸福与天空的笑容相遇，成为秋天最美的风景。

你拨动琴弦，在阳光散去的寂静中，开始弹奏灵魂的乐曲。黄昏的云彩如你的心绪，轻轻飘拂、跳跃、流动。

在夜到来前，你既不孤单，也不会像云那样骚动。星光移至，很多光芒将充满空间，映照你要前行的路。

寂静是外部的声音。柔媚的夜色里，你听到小草、溪流、鸟儿的呼唤，比夏天还热烈还深沉。

在岁月的风声里，你不会懈怠。转过头，和着秋天的星光对心灵的邀请，一些更深的意义，随着整个世界向你跟进。

远离了喧嚣，远离了物欲。秋以它的热情，制造着你所要的丰满庄园。

你和辽阔的世界一起起浮，你不会孤单。

源 头

我是源头，是海洋的预言，是神祇的头骨，是永恒的承诺。

我是首领，是塑造者，是照临一切的光。

在每一个夜晚，即使刀光剑影，我挺身而出；在每一个清晨，即使满目污浊，我倾泻而下。

我发现了自己，我制造了永生，我控制了人对世界的看法。无数生灵因我和谐相依，无数美景因我生发辉映。

我拥有自我的世界，我映在一切之中，一切映在我的眼里。我们互相拥有，没有诞生，也没有逝去。

我是深不可测，是无往不胜，是放任不羁，是无尽美好。

我在时间中生殖，在阳光中长出，在人心中繁盛。

我掌握着世界的钥匙。我穿透时间，连接过去。

我充满现时，贯通岁月。

未来的人群由我引领，未来的时光由我掌握，未来的光芒，也会向我聚拢。

我在时空之中，又在时空之上。

我在时间的感官之外，在生物的感官之中。

我蕴含在草叶、溪流、蚕壳里。

我收容着万物的痛苦，孕育着万物的幸福。

我在万物中自成，又成为万物的本质。

我在星光的眼上，比最高的山峰还高，比最深的海底还深。没有欲望的眼可以看见，只有心灵可以感觉。

我的天赋，是我的禀性。

我常常，以饱满无羁的光芒照临苍穹；以无所顾忌的洪流穿越岩层，激活僵硬的冷骨。

我在浪花的心上，在萤火虫的眼中。

我在星空的泪珠里，在枫叶激情的燃烧中。

我是无处不在的地平线，我是衡量精准生命的数据。

我是人人都要进入的世界通道。

我在晨曦的姿容里，在草叶轻柔的呼吸里；在灵魂飞升的光芒中。

我要把世界的灵魂提炼，将纯净的意念注入每一个人的心眼。

我要把星光的光芒结晶，制成每一颗心的镜子。

我忠实于自己，忠实于美好。

我要让人心纯净，文脉合一；我要使世界归整，天下同流。

我要群山合缝，让闻不见的气息互相依偎，望不见的人相互致意。

我是永远开着的门，每一个生命都会进来。

我通向每一个人的房间，让手握着手，让光芒遇光明。

我要把良知的箴言刻在道路上，印在心碑上。

我要把幸福的音符，搁在天眼里；叫所有的美好，在心灵纯洁的庄园重缝。

我永远是过程，是善与美的引力，是明灿的盛景。

我是心灵的制造，是光芒的永升。

我是天性的自觉，是人性的自由。

我不追究原因，也不担心结果。

我是生命永远的张力，是事物透彻的意义，是万物永生与终极的初始和目的。

我没有开始，也无所谓结束；没有预定，也无所谓终结。

我是你能感觉到的唯一存在，你看不见的唯一真实。

我是源头，我是爱。

让爱的花朵开满空间

你以你温存的双手，每时每刻在抚爱我。我以虔诚而笨拙的方式热爱你。

四十六亿年前，你在太空耸立，时空相系，生命衍生。

五万年前，在你的园地出现的智能人，却在他最灵智的时候，开始一天天地糟蹋你的柔情，撕裂着你的田园，挥霍着你的生命。

你常常无语，用巨大缄默表达你的痛楚，一个又一个伤口在你身上出现，而一群又一群智能的创造者，日益在你的伤口上撒盐。

我深爱着你，我要为你分担沉痛的重压。可一个眼神，一些泪花，一阵阵疼痛，一声声呐喊，对你是多么的无助。

我还能活多久，下一个替代我的人，会不会比我更轻微地压榨你的气息，更少量地吮吸你的乳汁。

曾经，我们的文明在五千年中疼爱着你，守护着你与人类的平和轻柔，天地一片澄明。仅仅几百年，涸泽而渔，满目疮痍。

你的伤口一个一个张开，你的痛苦一天比一天加重。

我们回到来处，你掩藏不了伤痛。

人类历史的谜团要解开，人制造的伤痕必须由人自己抚平。

旧伤难以愈合，切不要打开新的伤口。

人不能成为自己知识的玩物。保护你就是保护人的自由，敬重你就是敬重人的头颅。

五亿五千年前，以一眨眼的工夫出现的生命，以相同的形式、相同的命运相遇。

寒武纪大爆发的一亿年后，演化出能够省思的人的元祖。

如今，这些人丢掉了自省的德性，也抛弃了敬爱你的能力，放纵着粗鄙的贪欲。

他们在满足一个又一个欲望，成全一个又一个好奇心的追逐中，将自己变成自杀性的种类。

把生存还是毁灭，放在自己的掌心。

要活着，不仅要有好方法，还要有为什么活着的理由。

我们不能相互等待，也不能冷眼相望，我们要左手牵着右手，在手心和手背上看到，无尽的美丽，无限的风光。

我们要谦卑地低下头，向小草致歉，向其他生灵深深忏悔。

我们要仰望苍穹，从万物中汲取平等相处的智慧，毁灭膨胀的物欲。

感受月光炫目的战栗，星辰刺痛心脏的锋刃。

我们要响应万物的期望，收紧没有灵魂的脚步，拔除带有病毒的利爪。

我们要用一千只眼睛观察，灵魂深渊里罪恶的市场。

以露珠的姿态，向所有事物致意，继续光荣的进场。

我们要与母亲的意愿一致，与过去和未来的愿望一致。

现在，我们触摸到，母亲的伤口愈来愈深。

我们已看到，她已无力承受太多的挤压，无能载负更多的贪婪，无法容忍无休止的戕害。

现在，我们已看到，她的许多小孩已离去，有些孩子已永远消失，还有一些孩子在期待中挣扎。

等待我们这些大孩子的觉醒、宽容与博爱。

现在，我们应将眼睛再睁大些，那沉默的石头已燃烧，那寂静的火山已暴怒，汹涌的江河已流泪。

那清脆的山峦已裸露黑灰，那许多的鸟儿，已趴在地上奄奄一息。

大海已加快上升的脚步。

我们博爱的母亲已到了，无法继续润养我们的程度。

让我们睁大眼睛并深深沉思，感知那些被摧残的小孩深情的祈语，应许那些想活着的生命的期待。

吸收、感悟、寻找更好的出路和方法。

生命遇生命，每一个都是部分，每部分都是全部。

我们在母亲的怀抱中，与其他的生物是同一的毗邻，应相互依偎和崇拜。

让我们以活着的幸运，以告慰万物的微笑；以来过着的觉悟，培植人与自然、身体与灵魂和谐共生、相亲相爱的花朵。

这花朵，是地球母亲在生命之前为生命的设计。

它是母亲健康机体的元素，也是她的全部。

这爱的花朵，盛开在每个人的心中。现在，让我们将它移植出自己的身体，让它开满空间。

让它绽放在每一个生命、每一个星辰的眼睛里。

此刻，我比你更深的疼痛，别有一番滋味。

此刻，我多如暴雨的泪水，已流满干涸的河床；

此刻，我重如阳光的双手已托住，快要掉下来的天空。

你在我心头闪亮

像星辰，为风敞开明媚的光亮，你在我心头闪耀，在我的眼睛里注满金色的泪珠。

银色之夜被岁月的沙海湮没，一段时间，我遗失了纯蓝的光。

心要沉落时，在我的梦里，我看到你清清泉水的模样。

在每一个寂静的晨昏，我能触摸到你，并确定，你已深陷于我的梦。

犹如那高挂天边云霞的祭奠，你以穿越时空的声音，轻轻对我说，我心依旧。

那么一种，像世界尽头的幸福的疼痛裹紧我。

在雾霾浓厚的时候，山一样重的忧伤浸透我的沉默，我抓住一枚星星的果核，让它在我空白的双手间燃烧。

你一开口，大雾散去。茫茫人际，你懂得我。

因为爱，我从未忘却过我的热血，遗失过我高耸的骨头。平日里，你以你眼中舒放的花朵温暖我。

万物豪饮喧嚣，无人看到我静水流深的细浪，而你知道我一往情深的眷注。

浮华盛宴之际，你总是在我被寂静关闭的时候，抚慰我柔弱的叶脉，按着太阳的低语将我的孤独铸成星火。

我从不害怕失去，当我感到你切近群星的微笑，全部的爱会包裹我。

我的灵魂游弋于，你能领会的我幸福的帝国。

守着一无所有的自己

有人在心灵的荒野迷失，敬畏的感情在荆棘的微光中倒下。

有人将谦卑摔得很远，在自己的狂妄中做着战栗的梦。

我在海洋的浪花之上呼喊，感到威力无穷的广袤天空将人的欲望吞噬。

没有人会高于自然，不管你多么强大，在自然的轨道里，只会是随时被碾碎的粉粒。

我的道路上没有阴暗的砂石，我的语词里没有内与外的界限。

我的目光穿过渺茫的历史，越过飞逝的时间，将安宁的时光停在人们的脸上和手上。

我还要将岁月奇妙的魅力传给你的心灵，将人类未来美妙的信息装进你的大脑。

我要用我的心、我的血液换取世间的平和，用我所有的声音和文字构造人心的图像。

我要用我不断生长的新枝和嫩芽修建你的房舍。

未来无限静好。大地饱满，天空高高挺立，我在幸福地守着一无所有的自己。

等 待

她倚光而立，到处都是她的影子。

她停留在短暂的时光中，用泪水修筑时代的乌托邦，用灵魂的呓语建造未来不朽的城堡。

她以不知疲倦的热望抵抗岁月，期待无与伦比的海市蜃楼。

她珍惜所有的光芒，还有语言。她是生命的性质，一旦开口说话，地心都会颤抖。

她奔跑的信念沿着河流，延伸到山峰。雾霾在她的脚下，喧嚣的街市，若有若无。

形形色色的人们从她的等待中穿过，她视而不见他们的风景。

她守着宁静小屋，犹如守着心中的天堂。

在自己建造的桃花源里，等待新世纪从她的眼中诞生。

等待在她赤裸的思想中生育一场全世界的爱情。

她把自己的全部给了这个世界。她邀请他爱的鸟儿聆听她的歌声，而他不懂她的音符。

她不会死去，她由早晨的光和花朵的微笑组成。

感觉你

如果在我幸福的劳作中能感觉到你，我的幸福就会聚拢万物的光芒。

如果在我清逸的梦境里有你的笑声，我的梦就会无比美妙。

在我行走的路上有你的影子，我的脚步就会更加欢快。

如果我在我的灵魂中一点点地上升，我就会看到你被晨曦萦绕的清新面庞。

如果我看到你的喜悦里没有我的目光，我的世界一片静寂。

如果你嘹亮的歌声感动不了我的心情，我的眼会丢失大片风景。

阳光、雨水、文采如此轻柔地敲打我孤寂的门额，犹如你的笑语将我抚慰。

我在我热烈或清淡的感觉中驾驭我的激情，它没有羞愧的火焰，它只在我的心里燃烧和放纵。

我在透明的时空保持静流的姿势，太阳倾斜，我的爱一如既往地在飞速的时间奔流。

来来去去的翅膀遁入避风港，我会在魔水般的想象中不厌其烦地徜徉。

我与你

你在寻找天空，天空在寻找我的影子。

天空的魂在星星的眼里，你用星光款待我的孤独。

爱已降临，黑夜不会到来，星空的眼里没有黑暗的概念。

我知道天空之下有目光望不透的深渊。

我也知道你的幸福浸泡在海洋一样的水里，只是他们看不到。

星星包围你的孤单，它从它的心里给你更深的幸福，如你初生时的样子。

你知道花朵的血液，她在你眼中的世界像你的心一样纯洁。

我在春天与鸟声里沉醉，热血使我更加挺拔。

星空是你的热爱，是你的出生，也是你的死亡。

在花朵的眼里，你的样子是阳光的翅膀，即使在漆黑的时光隧道，飞翔的光芒在指尖闪亮。

一声莲花掉落的声响，惊飞枝头沉思的信鸽。

我栽种的常青树像时间一样忠于我。

你给世界的景色如风又如雪。

叶子的絮语

每个人在社会中的角色，都取决于他的心灵角色，而心灵角色由他的心灵选择而定。来到这个世上，选择成为什么样的人，要做什么，为世界留下什么，是心灵的定位。你的心灵是什么样子，你在社会中就是什么样子，你眼中的世界就是什么样子，也即心即理心即行心即形。

做一个真诚勇敢、纯洁至善、正直坦荡的人，这是我最初的选择，也是一贯的坚持。曾在初始的社会生活的路途上，因太想成就自我而匆忙奔跑，使许多愿望成空。经历了一段不甘于独善其身的痛苦挣扎，在不断地自我解释和与社会的和解中，探索和选择适合自己的方式，尽可能地把握诗意与秩序、自由与规则，并竭力使自己自在而平和。尽管还想以山、以大地或河流的形式存在，但大千世界中，我只能是一束淡淡的光，不经意地无间关照，或是一滴水，不露声色地滋润。多年以来，不改不悔地遵循与此相应的方法与方式，并承担着相应的后果，过着自由与拯救、孤独与思考、批判与超越的生活。

在短暂的生活及生命的历程中，想要关注的太多。总想要深入世界的内部、人的内部，了解认识生命的奥秘，但愿望强烈，能力微薄。在认识世界中无力解释世界，在关注生命中难以解剖生命，更多的是解析自己。常常以感动、以祈愿、以思辨的方式剖析自己，发现干净的、纯洁的自我，并借此燃放更强烈的精神能量，试图在燃烧自己的同时，温暖关照他人，以笔、以目光、以热忱，却不懂得技艺，更不会应用技巧。

因喜欢哲学，多年来品读中外哲学书籍，每有参悟，都能对自己的内心注入一缕缕光芒，常常在思辨的读解中倾听自己内心的声音，抓握自己思想的根须，感受灵魂崇高的体验。每当这个时候，我都深感庆幸，能与高尚的心灵重合，与明灿的思想碰撞，与伟大的哲人对话，好像他们就坐在我的面前注视着我，教导着我。常常沉浸在这种幸福中，这幸福是无与伦比的。尽管我不可能有他们的深邃，他们的灵智，他们的高渺，但深入他们的哲思，进入他们的思维，助我认识世界和自我觉解，理解存在，了解事物与事物之间的关系，探索世界的真理，在认识和探索中感到自己的脆弱、渺小和无助，也是一份荣幸。更多的时候，我独自庆幸，能够以一滴水或一束光的形式存在，可以感觉和发现美，并将其捡拾和珍存，剔除并打扫美的反面。

因此，我在珍重自己，珍重世界，珍重所有生命。不敢浪费和挥霍自己的时光，也不敢浪费和轻视其他事物。像珍视自己样珍视每一粒米、每一滴水、每一缕阳光。我怕流血，像反对战争样反对杀生，虽不是纯素食主义者，但是不会食用有着明亮眼睛和痛楚感的动物的肉；我怕危害，痛斥贪婪纵欲的腐败者和那些以屠杀温顺无害的物种而寻欢作乐的人。

因热爱优秀的纯净的心灵，热爱美与自由，正义与平等，渴望大众尊崇心灵与思想，轻视纯粹的物质及物欲。希望人们带着热忱与牺牲精神，为社会和谐、人类幸福而竭力尽情，将宇宙万物的生灵与自己一样去想、去爱、去关照。但所得的回敬常常使我感到失落，深受打击，因而相对无意义的事务和社交，我更喜欢深居简出，甘于寂寞，在独处的时光里沉入自己的思想。

因反对工具理性，排斥功利价值，我不适合在自由意志稀薄的社会空间活动，许多时候觉得现实的庸常的生活是不值得过的，为着内心的价值理想，靠梦想支撑，靠思想滋养，常常进入理想的自我状态，成为爱的世界的总合，成为完全自由的崇高的自己，成为道德的奠基者，启蒙自己，也想启蒙他人。

常常安静地走在路上，却梦想穿越天空，为了不断地给心灵输送营养，关注时代，并尽可能超越时代，从一个更高的角度关照时代，让梦想飞翔。试图在心灵的自由世界里打破世俗的形式与规则，更好地表达一切，让思想更自由、更开阔，恢复并美化生活。想要救赎一切的丑恶、堕落和腐败，消除所有的不公、仇恨与伤害，扶持不确定和杂芜的日常生活，让生命单一的意义得以丰富，让梦想得以实现于孤独的重逢。想要在自己一个个简单而纯净的梦想中净化这个世界，让这个世界闪烁朴素的优雅的美。

在这互联网+、竞相呈现原始生命力的时代，我能够做什么，又能够留住什么，我必须依靠思与诗，试图以诗寻求和表达自我意识与对世界的认识，对自己的愿望及行为做出可能尽意的解释。我或许是迷恋思想的狂热者，或许是超然现实的梦游者，或许是恍如隔世的天真的痴者，常常希望让思想长出语言的枝叶，在隐喻与言说中，绽放梦想的花朵，与内心的神明联系，与美与自由的理念联系。忠实于对丰富多彩的此岸世界的热爱，对超验的圣洁的彼岸世界的信仰，使我能够远离物欲的诱惑，暂时忘却现实的不公及权势的喧嚣，忘却贫弱无助和渺小无奈的自己，沉入想象和梦想。在梦想和想象中我是狂妄的，我是纯粹而绝对的爱与善的力量。想象使我将异己的悲愁化入本我的欢悦，将渺小贫困的此在化作丰富的此在，超越对现实的无奈、对他人的无助，超越忧患沉重的自己，并不断激活本真的自我、理想的自我。

每年的每一天在我们生活中发生的许多事在悄无声息地消失，而那些让人心灵感到震撼的时刻，令人感动或撞击心灵的事件不可丢失，应当记述。但将电光火石般心灵爆发的瞬间予以捕捉，并非自然而然，将发生在某一天的某一个小时的每一分钟里生命激情的或痛或喜时刻的灵感记录，也并不容易。需要动脑动手的能力，更需要语言的喷流和组合。

因为受心灵、思想、能力、体验的限定，并受想象、意向和语言的限制，使得我诗作的方向单一，内容单一，知性、感觉及语词单调。但只要有爱，我还是会喜欢这种单调。

我是因爱来到这个世界的，基于爱而活，没有爱，我不可能活着，更谈不上超越。爱是我精神的力量，是我在现实生活中强大的张力，尽管它在我所处之地有时难以推倒面前灰色的墙，但可以摧毁心灵中一切向善的障碍。我必须为爱而活，为善竭尽全力，为美不懈追求，为人类的终极幸福全神贯思。我不能确定自己的全部，但如此强烈的爱和为善的目的是确定的。时常我是爱的哲学的激情存在，我反对和排斥一切不符合爱的原则的行为和事情。有时只想将自己撕碎给他人，分成许多块去游说或做事，以实现爱的意义与愿望。但在这个太现实的社会里，只能常常告慰自己：望着远方，不改初心，在没有名缰利锁羁绊的田园修筑心灵的殿宇。

即使本身暗淡，我也能随时随地接收到温静的、暖和的、柔软的、天地的、心灵的、思想的光辉。各种光相融相映，我的生命是温暖的，心是柔和的，目光是明净的。行走在自然天地之间，我必须不断制造自身的光明与温暖以回敬这个世界。

想尽可能在文字中表达对人文精神的和科学精神的热爱，但我在科学领域的知识是贫乏的，尽管近年来也对自然科学方面的知识尽力汲取，但对其中的原理缺乏灵敏的理解力和清晰的穿透力，所拥有的科学知识仍简单而困乏，因此叙写与运用这些知识的能力非常有限。而对人文知识，我好像有着天然的感受力和领悟力，崇尚简单、朴素、真切、清晰的哲理，也喜欢抽象、深邃、幽远的哲思。

自拥有人文情怀，使我多年来在心灵的丰满与现实的困顿中挣扎，一方面坚守良知、坚定向善的意志，遵从知行合一、理性尊严的原则，同时不放弃对人类苦难的悲悯和对终极自由与幸福的追求。在社会的一角，我忧患痛苦，在自我的领域，我自足而幸福。但无论何时，丰厚而深刻的思想，纯洁而高尚的人格力量在冲击着我，尽管我无能消除人文价值与社会现实的距离，不适宜在社会活动中跳跃，但在我的思辨意识里，我仍不失为一束微弱的光。

我无数次探索事物的内心和人的灵魂，深入人的原欲和愿望，但除了自己，我无能解救他人。当“兼济天下”成为理想，必须守住“独善其身”的底线，幻想以自身的一点光明映亮他人，以证明自己的存在。

我时常想将人们的心灵修成一个大花园，让人们在每一天每一个时辰在心中种花，让人们的一生在每一天盛开美丽的花朵，每一个季节都是花的季节，让人们一直生活在春意盎然的花季，不时地听着花语，闻着花香。希望人们保持对灵性的觉悟，有着视万物如己的感觉。我时常想要我的眼睛下雨，我的目光放火，我的胸腔像汹涌的海洋，让我的每一个时辰像星星样闪亮，让所有的生灵在阳光下在深夜里打坐沉思，让一些身份兑换成心灵的角色，让一些时间空洞、虚无，让不懂得自己的人重新整理心灵和思想。希望每一个人为自己立法，成为自己的主人，思想的主人。如果世界能是我希望的样子，我宁愿即刻消失，不留任何痕迹。

常常会有生命已到尽头的仓促感，时光倏忽即逝的无奈感。总觉得我真正想要的生活还在我前面，许多的灵感及美感还在未知的路上，我在时刻准备着迎接某些惊奇和震撼，还在期待着愿望的事件发生。我一直在期待中，期待着我能把握的丰满语言；期待着全人类拥有同一的相亲相爱的文化质素，幸福的花朵开满世界的每一个角落；期待地球像洁净的人心越来越干净，闪耀着蓝宝石之光的思想在我面前不断诞生，这些思想会延长地球的寿命。因着永恒思想的道路，世界的末日不会到来。世界的解释权在思想者的手上，在圣洁的爱的信念中，在比诞生更伟大比死亡更悲壮的史诗的眼里。

在人类历史的长河中，多少思想新生，又有多少思想成为过去，尽管一些思想也会死去，我仍然喜欢为事物穿上新装，并爱抚万物的蓬勃生气。当关注思想胜于关心智慧，我愿成为寂静的思者，深入思想并成为思想的一部分。我知道，如果我不喜欢独处，不在独处时沉思，我的生命会是危险的，我会受外界的一些诱惑，我也许会没有自由的思想，会沉沦于奔忙和消费的时代漩涡，并缺失幸福。我会像没有灵魂的树枝，或像一个空空的玻璃杯，不是空洞就是静止，失去心灵的生活空间，过着非人的机械的生活。没有自己，那是多么可怕。为了避免丢失自我，我必须探求思索；为了持续爱的意义，我必须拯救关怀；为了守护高洁的心灵，我必须保持有尊严的精神生活；为了留住无以复加的幸福，我必须诗意地栖居。

走在城市街道的高楼大厦间，宽阔的马路上，看着拥挤的匆忙赶路的人群，他们的思想是否与脚步一样倥偬？他们的心灵是否与楼宇一样虚空？百年以后，这些人都会成为尘土，这些房屋也可能倾覆。我们这些在这个时代里充满渴望、充满热忱、充满爱的人，也会与其时代同归于尽。然而明灿的思想会留下，会唤醒下一个更好的时代，延续着我们的根脉。即便未来不给我以希望，我也必须按照自己的内心和爱的法则存在，让爱支持我，激励我在这个日新月异的时代里真诚地活着。坚守心灵，关注现在，仰望星空，思索未来，除此我无别的能耐。

对于我的人生，我必须负起一个思想者的责任，不让我的生命盲目而无谓，我必须忠实于自己，为了自由与爱，美与秩序不断尝试，而不会服从与生命本质意义无关的庸常的一些形式和规则。

在这个世界上，谁也不能左右我的思想，没有谁可以控制我崇高的愿望，也没有什么可以替代我追求的至善。这世上只有一条，唯一能使我心甘情愿为之供奉一切的，是我爱与美的信仰。它的方向是唯一的，它永远通向前方，通向未来，通向万物自由幸福，自足自在的方向。

这独一无二的灵魂，好像一座亘古以来恒定不动的山，一潭波纹不兴的湖，又像一座秘而不宣的森林，只在其中自我欣赏。欣赏心灵制造的多姿多彩的风景。

我是幸福的，能按自己的意愿和意志歌吟、希望、表达和想象。我是感恩的，能够享有这独自的时空，这一直以来陪伴着我的文字。我也是可被责备的，因为我静守着自在的时光，只关心与万物的私语与融合；但我是不应受谴责的，我愿将这静谧的幽远的美好与他人分享。我也没有可忏悔的，我愿让他人参与到我沉思默想的快乐，无尽的爱和自足的幸福的实在。想让这独一的我，与人们与心灵与自然融为一体，一同呼吸，一同流畅。

当夕阳西沉，我满足于又多活了一天；当晨光升起，我满足于又有一天会属于自己；当与鸟对话，我满足于这颗心仍能飞翔；当仰望星空，我满足于这份璀璨的时空是我的一部分。我是如此幸运，享受着这份宁静的时光和温馨的感觉。外界的浮华与我无关，此刻可以将思想的触须无限延伸，与见过和未见过的人，所知与未知的事物联系，真是无上的幸福。

看得见的沉浮在事物上的影像渐渐远去，还有那么多的知识没有接触，那么多的未知尚未探索，那么多的乐曲没有聆听，那么多的风景没有欣赏。在所能经历的短暂的一生里，我能够了解多少，思想多少，又能留住多少？只有这一点携着光芒的文字可以留下。这是爱的特权。以这简洁自由的文字，发出一声呼唤，表达一种愿望，述说一些思想。也唯有此，表明渺小的自己，单纯的自己，平淡的自己，幸福的自己。

这光明的、洁净的、温暖的文字是这么地忠实于我。我亲爱的一直被我守护也一直不离弃我的美好的文字啊！我对你们的爱犹如对大地、对天空、对太阳、对爱人、对亲人和大众的爱。

时光荏苒。浅而又细的时光总是不经意地从指缝间流过，连同许多心绪和感觉。自上本诗集《叶子的低语》出版已过十多年。多年来，我的思想和想象不曾懈怠，可我的手和眼却很懒惰，因没想过再出诗集，七八年前的许多作品已散失，想要触摸和留住遗失的感觉和思绪如要抓住已逝的岁月和时光一样困难。现将在杂志上发表的，近来写的一部分，一并整理。受当时的感觉和笨拙的文笔所限，有一些诗作的意象直接，结构不够洒落，语言也不够温婉。

此刻，唯有无尽的感恩，无尽的幸福，深深地感恩感谢这个世界所创造和赐予我的一切，感谢这个伟大的时代，使我能够在某一刻与远方或地球另一端的某个人的感觉和思考相碰触，使我更加富有。感谢我亲爱的国家给予我思想和抒写的时空，使我在平和而自在的日子享有安详的生命。感谢我能触及能够看得见的想象到的所有真实和美好。在这充满感谢的时光里，断断续续说了这么多，在搁笔前，更要感恩感谢关心我的爱人、亲人和朋友，爱我不理解我却无奈接纳我的人们。

叶　子

2016 年 12 月 28 日